विनाशपर्व

विनाशपर्व

अंग्रेजों का भारत पर राज

प्रशांत पोळ

प्रकाशक

प्रभात प्रकाशन प्रा. लि.

4/19 आसफ अली रोड, नई दिल्ली–110002

फोन : 011–23289777 • हेल्पलाइन नं. : 7827007777

इ–मेल : prabhatbooks@gmail.com ❖ वेब ठिकाना : www.prabhatbooks.com

संस्करण

2025

पेपरबैक मूल्य

तीन सौ रुपए

मुद्रक

आर–टेक ऑफसेट प्रिंटर्स, दिल्ली

———————— ★ ————————

VINASH PARVA

by Shri Prashant Pole

Published by **PRABHAT PRAKASHAN PVT. LTD.**

4/19 Asaf Ali Road, New Delhi-110002

ISBN 978-93-5521-279-5

₹ 250.00 (PB)

इस पुस्तक की विषय-वस्तु सुझाने से लेकर
पुस्तक लेखन तक की प्रेरणा रहीं, पुनरुत्थान विद्यापीठ की कुलपति
आदरणीय **इंदुमति ताई काटदरेजी** और इस पुस्तक को मैं लिखता रहूँ,
इसलिए सतत मेरा उत्साहवर्धन करनेवाले
आदरणीय **श्रीकांत काटदरेजी**,
इन दोनों भाई-बहनों को
यह पुस्तक सादर
समर्पित

प्रस्तावना

भारत के स्वतंत्रता संग्राम का विश्लेषण करते हुए 'स्व' को ही उस राष्ट्रीय आंदोलन की उत्प्रेरक शक्ति के रूप में स्वीकार किया जा सकता है, जो कि यहाँ की स्थानीय संस्कृति और आस्थाओं को कुचलने के प्रयास के विरुद्ध विदेशी आक्रांताओं का सामना करने के लिए उठ खड़े हुए असाधारण नेतृत्व के साथ ही साथ, जनसामान्य को भी प्रेरित कर रहा था।

विदेशी ताकतों के विरुद्ध कश्मीर से कन्याकुमारी तक महान् पुरुषों और वीरांगनाओं द्वारा किए गए संघर्षों के सूक्ष्म अध्ययन से यह ध्यान में आता है कि केवल कुछ संकीर्ण या तुच्छ कारणों से प्रेरित होकर नहीं, अपितु स्थानीय जीवन-पद्धति तथा मूल्यों को बचाए रखने के लिए वे इस संघर्ष के लिए प्रस्तुत हुए।

देश के विभिन्न भागों में उठ खड़े हुए ऐसे ही संघर्षों एवं आंदोलनों का स्मरण करते हुए भारत 2022 में अपनी स्वतंत्रता की पचहत्तरवीं वर्षगाँठ मना रहा है। इस दृष्टि से यह महत्त्वपूर्ण हो जाता है कि पूरे भारतीय स्वतंत्रता आंदोलन को 'स्व' के दृष्टिकोण से समझने का प्रयास किया जाए, जिससे कि हम लोग उचित परिप्रेक्ष्य में इसका संज्ञान ले सकें।

राजनीतिक व आर्थिक शोषण एवं धर्मांतरण इन सबसे भी महत्त्वपूर्ण भारत का विभाजन—ये सब औपनिवेशिक शासकों द्वारा 'स्व' के विचार को कमजोर करने की दिशा में किए जानेवाले प्रयास थे। ऐसे तो अंग्रेजों का भारत में प्रवेश सत्रहवीं शताब्दी के प्रारंभ में ही हो गया था, किंतु सन् 1757 में ईस्ट इंडिया

कंपनी के बंगाल, बिहार और उड़ीसा के दीवानी अधिकार प्राप्त करने के बाद बर्बरता और लूट का जो सिलसिला प्रारंभ हुआ, वह 1947 में स्वतंत्रता-प्राप्ति तक निरंतर चलता रहा।

ईस्ट इंडिया कंपनी के विरुद्ध हमारा स्वतंत्रता संग्राम केवल औपनिवेशिक ताकतों के राजनीतिक एवं आर्थिक शोषण से मुक्ति के लिए नहीं था। यदि 190 वर्षों का अंग्रेजों का शासनकाल 'विनाशपर्व' था, तो यही हमारे विस्मृत 'स्व' के अनुसंधान का भी पर्व था।

अंग्रेजों द्वारा किए जानेवाले भारतीयों और भारतीय अर्थव्यवस्था के शोषण के फलस्वरूप भारत की जनता ने अंग्रेजों को भारत से बाहर करने के सामूहिक प्रयासों की आवश्यकता का अनुभव किया। आज स्वतंत्रता के 75 वर्ष बाद हमारे लिए यह समझना महत्त्वपूर्ण है कि अंग्रेजों के विरुद्ध हमने अपनी आवाज किस प्रकार उठाई तथा भारत को विदेशी दासता से मुक्त करवाने के क्रम में हमारे देश और देशवासियों को कितना मूल्य चुकाना पड़ा।

यह सत्य है कि भारतीय जन ने विदेशी आधिपत्य को कभी भी बिना प्रतिरोध के स्वीकार नहीं किया। यूरोपीय औपनिवेशिक शक्तियों के विरुद्ध पंद्रहवीं शताब्दी के बाद से ही भारत के विभिन्न भागों में कृषकों, श्रमिकों, वनवासियों तथा अन्य लोगों द्वारा औपनिवेशिक शासन के विस्तार के विरुद्ध अपनी शक्ति भर प्रतिरोध किया गया। निस्संदेह उनके विरोध प्रदर्शन स्थानीय कारकों व प्रभावों से उपजे थे किंतु उन सबने निश्चित ही विदेशी शासन के विरुद्ध उठे स्वर को सशक्त करने में महत्त्वपूर्ण योगदान दिया।

केंद्रीकृत शोषक और हिंसक शासन प्रणाली एवं उसके द्वारा अपनाए जानेवाले लोभ-केंद्रित अर्थतंत्र से छुटकारा पाए बिना अंग्रेजी शासन से मुक्ति पाने का कोई अर्थ नहीं रह जाएगा, इस विश्वास के साथ ही श्री अरविंद, महात्मा गांधी तथा अन्य महापुरुषों ने स्वधर्म, स्वराज एवं स्वदेशी के सामाजिक-दार्शनिक विचार को हमारे समक्ष प्रस्तुत किया। इस त्रयी में पहली अवधारणा थी—'स्वधर्म', जिसके प्रकट रूप 'वसुधैव कुटुम्बकम्' का विचार रखनेवाले भारतीय चिंतन में सभी का उत्थान, जिसमें प्राणी जगत्, जंगल, नदियाँ तथा भूमि

आदि सब कुछ समाहित है। दूसरा है—'स्वराज' अर्थात् स्व-शासन। स्व-शासन छोटे स्तर पर, विकेंद्रीकृत, स्व-संगठित तथा स्व-निर्देशित सहभागितापूर्ण शासन की संरचना है। इसका तात्पर्य आत्म-परिवर्तन, आत्म-अनुशासन तथा आत्म-संयम भी है। इस प्रकार स्वराज शासन की एक नैतिक, पारिस्थितिकी तथा आध्यात्मिक प्रणाली है। त्रिमूर्ति में तीसरा है—'स्वदेशी' अर्थात् स्थानीय अर्थतंत्र, जो स्थानीय उत्पादों और उपभोक्ताओं के लिए स्थानीय माँग और आपूर्ति की श्रृंखला को पुनर्स्थापित करने का एक प्रयास था। पहले स्वदेशी का विचार सिर्फ अर्थतंत्र तक ही सीमित था, किंतु बाद में यह अवधारणा सामाजिक-सांस्कृतिक आयामों में भी प्रतिफलित होती देखी जा सकती है। यदि हम उपर्युक्त त्रयी (स्वधर्म, स्वराज एवं स्वदेशी) में उपस्थित 'स्व' की संकल्पना पर विचार करें तो हम पाते हैं कि औपनिवेशिक संरचना विभिन्न तरीकों और तकनीकों के माध्यम से भारतीय 'स्व' के इस विचार के दमन का ही एक प्रयास था।

इस उपनिवेशवाद को पश्चिम के लोगों द्वारा पूर्व के लोगों के प्रति धार्मिक-सांस्कृतिक साम्राज्यवाद के दृष्टिकोण से देखा जाना महत्त्वपूर्ण है। नस्लीय श्रेष्ठता और अश्वेतों पर श्वेतजनों की उत्कृष्टता की संकल्पना विभिन्न आख्यानों के माध्यम से दिखाई देती है, जिसे इतिहास के नए अनुसंधानों के आलोक में पुनः नए सिरे से समझे जाने की आवश्यकता है।

भारत की समृद्धि की चर्चा पूरे विश्व में थी, जिससे आकर्षित होकर सैकड़ों वर्षों से लुटेरों-हमलावरों के आक्रमण होते आए थे। अंग्रेजों के पहले के आक्रांताओं ने भारत को जी भरके लूटा था, अंग्रेजों ने भी वही किया। अंग्रेजों ने कुटिलता से भारत को लूटा और अपनी इस लूट को वैधानिक आवरण देकर अपनी न्यायप्रियता का पाखंड भी रचा। भारत के भीतर भी एक वर्ग उनकी कृपा पाने के लिए उनके पक्ष में तर्क गढ़ता रहा। उन्होंने प्रचारित किया कि अंग्रेज न्यायी थे, कलाप्रेमी थे, विद्वत्ता का आदर करनेवाले थे, व्यक्ति स्वातंत्र्य के प्रेमी थे, और धीरे-धीरे ऐसा विमर्श (narrative) बनता गया। ऐसे लोगों द्वारा लिखी गई पुस्तकें अंग्रेजों द्वारा प्रकाशित करवाई जाती थीं और उन्हें निःशुल्क वितरित भी किया जाता था। अंग्रेजों का कीर्तिगान करते हुए वे लिखते थे कि अंग्रेजों

ने भारत को शासन के एक सूत्र में बाँधा, कानून-व्यवस्था दी, पाठशालाएँ दीं, संपूर्ण शिक्षा-पद्धति दी, अस्पताल दिए, व्यावहारिक बातें (एटीकेट्स/मैनर्स) सिखाईं, रेल और टेलीफोन का नेटवर्क दिया; संक्षेप में कहें तो भारतीयों को उन्होंने सभ्य और आधुनिक बनाया।

तथ्य यह है कि अनेक अंग्रेज इतिहासकारों ने ही अंग्रेजों की क्रूरता, उनके द्वारा किए गए अत्याचार, भारत की हुई लूट, झूठा इतिहास लिखने का उनका षड्यंत्र, इन सबके बारे में विस्तार से लिखा है। प्रख्यात गांधीवादी विचारक श्री धर्मपाल ने वर्षों तक अध्ययन कर प्रमाणों के साथ यह बताया कि कैसे अंग्रेजों ने हमारी व्यवस्थाओं को ध्वस्त किया।

इंग्लैंड की पार्लियामेंट ने सन् 1813 में एक 'चार्टर अधिनियम' पारित किया, जिसके तहत कहा गया कि 'भारत को शिक्षित करना ब्रिटेन का दायित्व है' अर्थात् ईस्ट इंडिया कंपनी को कहा गया कि वे शिक्षा पर ज्यादा पैसा खर्च करें तथा इन नेटिवों को (भारतीयों को) अच्छी तरह शिक्षित करें। आधुनिक शिक्षा के नाम पर अंग्रेजों ने हमारी सारी प्राचीन परंपराएँ उखाड़ फेंकने के भरसक प्रयास किए।

यह विडंबना ही है कि स्वतंत्रता पाने के बाद जिन तथ्यों को लेखनीबद्ध करके देश की भावी पीढ़ियों के लिए सहेजा जाना चाहिए था, वह कार्य आज भी अधूरा है। भारत की शिक्षा-व्यवस्था, भारत की स्वास्थ्य सेवाएँ और भारत के उद्योग, इन सबका ह्रास अंग्रेजी शासन में कैसे होता गया, इस पर विस्तार से कभी नहीं लिखा गया। अंग्रेजों की क्रूरता, बर्बरता, निर्ममता और भारतीयों पर किए गए उनके अन्याय व अत्याचार के साथ ही अंग्रेजों द्वारा भारत की लूट का तथ्यपूर्ण विवरण इस पुस्तक में संकलित है। साथ ही अंग्रेजों के आने के पहले भारत की स्थिति क्या थी, अंग्रेजों ने कैसे भारत की जमी-जमाई व्यवस्थाओं को छिन्न-भिन्न किया और उनके जाने के बाद भारत की स्थिति क्या रही, इस पर विस्तार से प्रकाश डालने वाली यह पुस्तक अपनी सहज-सरल प्रस्तुति तथा प्रवाहपूर्ण भाषा-शैली के चलते नई पीढ़ी को अपनी ओर अवश्य आकर्षित करेगी।

यह 75वाँ स्वतंत्रता दिवस हम सभी के लिए स्वतंत्रता संग्राम के पूरे

आख्यान के संदर्भ में अपने विस्मृत 'सामूहिक सत्य' को नए दृष्टिकोण से परखने, स्वतंत्रता संग्राम के गुमनाम नायकों को पहचानने के साथ-ही-साथ अपने अतीत और अपनी सामूहिक पहचान का विश्लेषण करने की दृष्टि में परिवर्तन लाने का एक श्रेष्ठ अवसर है। इस अवसर पर प्रकाशित होने वाली यह पुस्तक 'विनाशपर्व' जन सामान्य तक प्रामाणिक तथ्यों को ले जाने तथा उनके विचारों को उद्वेलित करने के अपने प्रयोजन में सफल होगी, यह विश्वास है।

भारत में ब्रिटिश राज और भारतीय प्रतिरोध के विभिन्न पहलुओं की पड़ताल करनेवाली पुस्तकों की शृंखला में 'विनाशपर्व' प्रशांत पोळ की तीसरी पुस्तक है। इससे पूर्व उनकी लिखी दोनों पुस्तकों—'वे पंद्रह दिन' तथा 'भारतीय ज्ञान का खजाना' को पर्याप्त प्रतिसाद मिला है। प्रस्तुत पुस्तक को भी पाठकों का वैसा ही स्नेह मिले तथा लेखक के ये राष्ट्रीय प्रयास यशस्वी हों, यही शुभकामना है।

—जे. नंदकुमार

संयोजक, प्रज्ञा प्रवाह

अपनी बात

अंग्रेजों का भारत पर टुकड़ों-टुकड़ों में लगभग 190 वर्ष तक शासन रहा। पहले बंगाल, फिर 1818 के बाद मराठों को परास्त कर जीता हुआ (उत्तर-पश्चिम भाग छोड़कर) बाकी भारत और बाद में 1850 के लगभग पंजाब जीतने के बाद का बृहत् भारत।

इस पूरे कालखंड में कुछ हिस्सों में अंग्रेजों की सीधी हुकूमत थी, तो रियासतों में अप्रत्यक्ष शासन था। उसमें भी 1857 तक, अर्थात् पहले सौ वर्षों तक 'ईस्ट इंडिया कंपनी' के माध्यम से इंग्लैंड की सरकार भारत का प्रशासन चलाती थी, तो अंतिम 90 वर्ष भारत के शासन की बागडोर सीधे इंग्लैंड की पार्लियामेंट और इंग्लैंड की रानी के पास थी।

भारत की अपार समृद्धि और ज्ञान-परंपरा के कारण भारत पर सैकड़ों वर्षों से बाह्य आक्रमण होते आए थे। इसलिए अंग्रेजों का भारत पर शासन करना कोई नई बात नहीं थी। इसके पहले के आक्रांताओं ने भारत को जी भरके लूटा था। अंग्रेजों ने भी वही किया।

किंतु अंग्रेजों ने यह सब इतनी कुशलता से किया या इतनी होशियारी से यह बात फैलाई कि बाकी आक्रांताओं की तुलना में अंग्रेज न्यायी थे, कलाप्रेमी थे, विद्वत्ता का आदर करनेवाले थे, व्यक्ति स्वातंत्र्य के प्रेमी थे, और ऐसा विमर्श (narrative) बनता गया। अंग्रेजों ने भारत को सिस्टम दिया, कानून-व्यवस्था दी, पाठशालाएँ दीं, संपूर्ण शिक्षा पद्धति दी, अस्पताल दिए, व्यावहारिक बातें (एटीकेट्स/मैनर्स) सिखाईं, रेल और टेलीफोन का नेटवर्क दिया, ऐसी तमाम बातें, इस नेरेटिव के अंतर्गत सामने आती गईं। संक्षेप में, अंग्रेज आने से पहले

भारतीय समाज असभ्य था, अनाड़ी था, संस्कृतिहीन था, बिखरा हुआ था, ये बातें प्रस्थापित करने का पूरा प्रयास किया गया। भारत को आधुनिक बनाया—अंग्रेजों ने, भारत को राजनीतिक रूप से एक बनाया—अंग्रेजों ने, और भारत को व्यवस्थाओं से परिपूर्ण बनाया, वह भी अंग्रेजों ने! यह नेरेटिव इतना जबरदस्त अंदर तक पैठ गया है कि इससे अलग कुछ भी कहा, तो उस पर विश्वास करना समाज को कठिन होता है।

यह विषय मेरे पास पुनरुत्थान विद्यापीठ की कुलगुरु सुश्री इंदुमति ताई काटदरेजी के माध्यम से आया। पुनरुत्थान विद्यापीठ ने अनेक पुस्तकें एक साथ प्रकाशित करने का संकल्प लिया था। उनमें से एक पुस्तक 'अंग्रेजों का भारत पर राज' विषय पर थी, जो मुझे लिखने के लिए कही गई थी। विषय अच्छा था, इसलिए मैंने भी हामी भर दी, किंतु जैसे-जैसे विषय के अंदर जाता गया, वैसे-वैसे इस विषय की व्याप्ति देखकर विस्मयचकित होता गया। अनेक पुस्तकें पढ़नी आवश्यक थीं, अनेक संदर्भ-ग्रंथ जुटाने थे। इसलिए नियत समय पर पुनरुत्थान को ग्रंथ देना मेरे से संभव नहीं हो सका।

किंतु इसी के साथ मैं जितना विषय के अंदर जा रहा था, सारे प्रस्थापित विमर्श (नेरेटिव) धड़ाधड़ ध्वस्त होते दिख रहे थे। जो संदर्भ मुझे मिल रहे थे, वे अंग्रेजों की उन सारी बातों को झुठला रहे थे, जो अब तक उन्होंने और वामपंथी इतिहासकारों ने इस देश के मस्तिष्क में भर दी थीं। उदाहरण के लिए—अंग्रेजों के पूरे शासनकाल में 'वे ईसाई धर्म का प्रसार करने के आग्रही नहीं थे', ऐसा ही चित्र हमारे सामने रखा गया, किंतु मुझे जो कागजात मिले, वे तो इस बात के पूर्णतः विपरीत थे। अंग्रेज तो मानते थे कि भारत पर राज करना उनके लिए ईश्वरी संकेत हैं, ताकि भारत का ईसाईकरण हो सके। लंदन में रहकर भारत संबंधी जानकारी इकट्ठा करनेवाले संकेत कुलकर्णीजी ने तो इंग्लैंड की रानी विक्टोरिया का एक पत्र ही प्रस्तुत किया, जिसमें रानी कह रही हैं कि 'भारत में रेलवे का जाल बिछने से ईसाईयत के प्रसार को मदद मिलेगी।'

अनेक अंग्रेज इतिहासकारों ने ही अंग्रेजों की क्रूरता, उनके द्वारा किए गए अत्याचार, भारत की हुई लूट, झूठा इतिहास लिखने का उनका षड्यंत्र, इन सबके

बारे में विस्तार से लिख रखा है। इस संदर्भ में गांधीवादी विचारक धर्मपालजी ने अद्भुत काम किया है। अद्भुत इसलिए कि उन दिनों, जब इंटरनेट या गूगल जैसी कोई भी सुविधा उपलब्ध नहीं थी, धर्मपालजी ने घंटों अंग्रेजों के कागजात छान मारे। यह बड़ा संयम का काम था, जो उन्होंने कई वर्ष तक किया और फिर प्रत्यक्ष प्रमाणों के साथ यह बताया कि कैसे अंग्रेजों ने हमारी व्यवस्थाओं को ध्वस्त किया। आज इंटरनेट के कारण ऐसे कई प्रमाण मिल रहे हैं, जो धर्मपालजी के निष्कर्षों की पुष्टि करते हैं।

अंग्रेजों ने सबसे बड़ा कुठाराघात किया सैकड़ों/हजारों वर्षों से चली आ रही भारतीय व्यवस्था पर। इतिहास में भारत में अनेक युद्ध हुए। कुछ आक्रांताओं ने भारत पर राज भी किया, किंतु यह सब होते हुए भी हमारी ग्राम-आधारित विकेंद्रित व्यवस्थाएँ मजबूत थीं, स्वयंपूर्ण थीं। इसलिए राज्य किसी का भी रहे, ग्रामों की/पंचायतों की व्यवस्थाएँ सुव्यवस्थित थीं। अंग्रेज आने से पहले हमारे यहाँ शिक्षा का स्तर अच्छा था। गाँवों में शालाएँ चलाने के लिए जमीन दी जाती थी। उस जमीन से मिलनेवाली कमाई से शालाएँ अबाधित रूप से व्यवस्थित चलती रहती थीं। मंदिरों का भी ऐसा ही प्रबंधन होता था। स्वास्थ्य संबंधी व्यवस्थाएँ भी विकेंद्रित थीं। सम्राट् अशोक के समय तो हमारे देश में पशुओं के लिए भी अस्पताल होते थे। वेक्सिन का प्रयोग दुनिया में सबसे पहले भारत में होता था।

किंतु इन सब बातों को दकियानूसी माना गया। अंग्रेजों की दृष्टि में भारतीय अनपढ़ और गँवार थे। असभ्य थे। इसलिए उन्हें साक्षर और सुशिक्षित बनाने के लिए इंग्लैंड की पार्लियामेंट ने सन् 1813 में एक 'चार्टर अधिनियम' पारित किया, जिसके तहत कहा गया कि 'भारत को शिक्षित करना ब्रिटेन का दायित्व है', अर्थात् ईस्ट इंडिया कंपनी को कहा गया कि वे शिक्षा पर ज्यादा पैसा खर्च करें तथा इन नेटिवों को (भारतीयों को) 'ठीक से' शिक्षित करें।

अर्थात् अंग्रेजों ने हमारी सारी प्राचीन परंपराएँ उखाड़ फेंकने के भरसक प्रयास किए। पश्चिमी शिक्षा और पश्चिमी स्वास्थ्य सेवाएँ हमारे देश पर थोपीं। अंग्रेजों ने भारत का जी भरकर उपभोग किया। उन दिनों ब्रिटेन के

नौजवानों का सपना होता था, 'भारत में सेवाएँ देना'। भारत में नौकरी करने का अर्थ होता था—ऐयाशी! अधिकतम अंग्रेजों ने भारत में जी भरकर ऐशो-आराम किया, खूब संपत्ति जुटाई, अनेक भारतीय महिलाओं को भ्रष्ट किया और यह सब करते हुए अत्यंत क्रूरता के साथ भारतीयों को, उनके आंदोलनों को निर्ममता से कुचला। एक सौ नब्बे वर्षों का अंग्रेजों का यह विनाशपर्व था। भारत का विनाश और इंग्लैंड का विकास। भारत के पैसों पर भारतीयों से बर्बरता से कर वसूल करके अंग्रेजों ने अपने देश को समृद्ध बनाने का भरसक प्रयास किया।

इस पुस्तक की चर्चा जब छिड़ी, तब मेरे कुछ मित्रों का मत था कि 'विनाशपर्व' शीर्षक में 'पर्व' शब्द जमता नहीं। पर्व अर्थात् मंगल प्रसंग/उत्सव, किंतु ऐसा नहीं है। पर्व 'कालखंड' के लिए प्रयुक्त होनेवाला शब्द है। महाभारत में पर्व का उल्लेख अनेक बार आता है—आदि पर्व, सभा पर्व, विराट पर्व आदि और 'पर्व' को यदि हम उत्सव के रूप में लेते हैं, तब भी भारत का विनाश इंग्लैंड का उत्सव ही तो था!

एक राय यह भी व्यक्त की जाती है कि अंग्रेजों ने भारत को राजनीतिक रूप से एकता प्रदान की। भारत सांस्कृतिक रूप से तो एक था, पर राजनीतिक रूप से नहीं।

इसमें कितना तथ्य हैं?

शशि थरूर ने अपने 'An Era of Darkness' पुस्तक में इसका विस्तृत विवेचन किया है। पुस्तक के दूसरे अध्याय का शीर्षक ही है—'Did British give India political unity?' उनके मतानुसार 'अंग्रेजों ने भारत को राजनीतिक एकता दी' यह कथन सरासर गलत है। प्राचीन समय से भारत में सांस्कृतिक एकता के साथ भौगोलिक और राजनीतिक एकता भी थी। मौर्य/गुप्त आदि साम्राज्यों के समय विशाल भारत एक था। बाद में भी मुसलिम आक्रांताओं से लड़ते हुए पहले विजयनगर साम्राज्य ने लगभग पूरा दक्षिण भारत एक किया था। उसके बाद मराठों ने भारत के एक बड़े हिस्से पर राज्य किया था। अंग्रेजों की कुटिल चालें नहीं होतीं तो भारत में राजनीतिक एकता संभव थी और उस

परिस्थिति में भारत की संपत्ति तो भारत में ही रहती। अंग्रेजों ने जिस प्रकार से भारत की अकूत संपत्ति को लूटा, वैसी लूट तो न होती!

अंग्रेजों के वे एक सौ नब्बे वर्ष हमारे देश के लिए अत्यंत महत्त्वपूर्ण थे। जब विश्व में नए-नए अनुसंधान हो रहे थे, विश्व यांत्रिक युग में प्रवेश कर रहा था, तब समृद्ध ज्ञान-परंपरा का संवाहक हमारा देश गुलाम था। कुछ भी करने की परिस्थिति में नहीं था। हमारी प्रतिभा की, बुद्धि कौशल्य की, टैलंट की अनेक पीढ़ियाँ अंग्रेजों ने अक्षरशः नष्ट कीं। अन्यथा पहले तीन समृद्ध देशों की पंक्ति में हम होते!

अंग्रेजी मानसिकता के इतिहासकारों ने हमें यह भी पढ़ाया कि अंग्रेजों ने इस देश को समय पर काम करने की आदत डाली, व्यवस्थित और अनुशासित काम करने का भाव सिखाया, व्यवस्थाएँ सिखाईं।

झूठ! एकदम गलत!

व्यवस्थित और अनुशासित पद्धति से काम करना तो हमारी संस्कृति का अविभाज्य अंग था। इतने पूर्णता (perfection) के साथ बने हमारे हजारों मंदिर, बड़े-बड़े राजप्रासाद, सब इस बात का प्रमाण हैं कि विश्व में सबसे ज्यादा परफेक्शनिस्ट हम भारतीय थे। हम समय का महत्त्व जानते थे। समय की गणना में हम विश्व में पुरोधा थे। छत्रपति शिवाजी महाराज की अनेक मुहिमों का हम अध्ययन करें तो अनुशासन और समय का महत्त्व स्पष्ट रूप से सामने आता है। मराठा शासन के अंतिम कालखंड में यशवंतराव होलकर ने जिन रणनीतियों से अनेक बार अंग्रेजों को परास्त किया, वे सारी अनुशासन और अचूक समय पर मार करने पर आधारित थीं। इसलिए अंग्रेजों को इस बात को हमें सिखाने की आवश्यकता नहीं थी।

यह बात जरूर है कि मुसलमान शासकों के राज में अराजकता थी। अनुशासन का अभाव था। समय का महत्त्व नहीं था, किंतु यह भारतीय समाज का स्थायी भाव नहीं रहा है।

अंग्रेजों ने भारत को रेलगाड़ी दी, बिजली दी, पोस्टल सर्विस दी, संचार साधन दिए, ऐसा कहा जाता है। क्या अंग्रेज नहीं रहते तो ये सारी चीजें भारत

में नहीं आतीं? विश्व में अनेक देश, अनेक भू-भाग ऐसे हैं, जहाँ अंग्रेजों का शासन नहीं था। उन स्थानों पर तो ये सारी बातें पहुँची हैं और अंग्रेजों ने भारत में जो बुनियादी ढाँचा या आधारभूत संरचना खड़ी की, वह भारत पर उपकार करने के लिए नहीं थी। हमारे भारत के पैसों से ही यह सब खड़ा हुआ। इसमें अंग्रेजों की मंशा स्पष्ट थी, उन्हें सरलता से भारत पर राज करना था, प्रभावी नियंत्रण रखना था। इसलिए ये बुनियादी ढाँचा खड़ा करना अनिवार्य था। रानी विक्टोरिया के लिए तो भारत में ईसाइयत फैलाने के लिए रेल का जाल फैलना आवश्यक था।

कुल मिलाकर अंग्रेजों का एक सौ नब्बे वर्षों का शासन हमारे देश के लिए विनाशपर्व ही था!

इस पुस्तक में मैंने प्रयास किया है कि अंग्रेज आने के पहले भारत की स्थिति क्या थी, अंग्रेजों ने कैसे भारत की जमी-जमाई व्यवस्थाओं को छिन्न-भिन्न किया और अंग्रेज जाने के बाद भारत की स्थिति क्या रही, इस पर प्रकाश डाल सकूँ। भारत की शिक्षा-व्यवस्था, भारत की स्वास्थ्य सेवाएँ और भारत के उद्योग, जैसे जहाज बनाने का उद्योग, वस्त्र उद्योग, इन सबका ह्रास अंग्रेजी शासन में कैसे होता गया, इस पर विस्तार से लिखने का प्रयास किया है। अंग्रेजों का क्रौर्य, उनकी बर्बरता, उनकी निर्ममता, भारतीयों पर किए हुए उनके जुल्म, अन्याय, अत्याचार और अंग्रेजों द्वारा की हुई भारत की लूट, इनका भी विवेचन इस पुस्तक में है।

इस पुस्तक को लिखने में अनेक ने निरपेक्ष भाव से मदद की। लीना मेहदलेजी महाराष्ट्र सरकार में ऊँचे प्रशासनिक ओहदे पर काम कर चुकी हैं। उन्होंने 'अंग्रेजों ने ध्वस्त की भारत की स्वास्थ्य व्यवस्था' अध्याय में उनके आलेख के प्रमुख अंश उपयोग करने हेतु अनुमति दी। उनका हृदय से आभार। संकेत कुलकर्णीजी ने रानी विक्टोरिया का वह पत्र उपलब्ध कराया। अनेक मित्रों ने संदर्भ ग्रंथ दिए। मेरी अर्धांगिनी सुमेधा ने इस पुस्तक हेतु कुछ आलेखों के अनुवाद करके दिए तो अनेक संदर्भ ढूँढ़ने में मदद की। इन सभी सहृदय लोगों को हृदय से धन्यवाद! कर्णावती (अहमदाबाद) के माननीय श्रीकांत

काटदरेजी ने, मैं इस पुस्तक को लिखता रहूँ, इसलिए लगातार मेरा उत्साहवर्धन किया, उनका आभार!

इस पुस्तक की प्रस्तावना लिखने के लिए जब मैंने माननीय नंदकुमारजी से संपर्क किया, तो उन्होंने उसे सहर्ष स्वीकार किया। मैं उनके व्यस्ततम दिनक्रम को जानता हूँ। माननीय नंदकुमारजी का 'स्वाधीनता 75' इस विषय पर जबरदस्त अध्ययन एवं महारत है। उनकी प्रस्तावना इस पुस्तक को मिलना, यह मेरा भाग्य है। उनका हृदय से आभार।

और आप पाठक वर्ग, आपने इससे पहले की मेरी दोनों पुस्तकों को 'भारतीय ज्ञान का खजाना' और 'वे पंद्रह दिन' को, जो हाथों हाथ उठाया, उसके लिए, कृतज्ञता व्यक्त करने के लिए मेरे पास शब्द नहीं हैं। ये दोनों पुस्तकें पाँच भाषाओं में प्रकाशित हो चुकी हैं और खूब बिक रही हैं। मुझे आशा है कि आप सब मेरी इस पुस्तक का भी ऐसा ही स्वागत करेंगे!

—प्रशांत पोळ

अनुक्रम

1

अंग्रेजों का भारत में प्रवेश

ईस्ट इंडिया कंपनी

24 सितंबर, 1599 को शुक्रवार था। इस दिन लंदन के फाउंडर्स हॉल में इंग्लैंड के 80 व्यापारी इकट्ठा हुए थे। 1599 का इंग्लैंड, यह शेक्सपीयर का इंग्लैंड था। 'एज यू लाइक इट' और 'जुलियस सीजर' के कारण पूरे इंग्लैंड में शेक्सपीयर का नाम चर्चा में था। नाट्य, नृत्य, संगीत के वे दिन थे, किंतु इस वातावरण में भी इन व्यापारियों में से अनेक समुद्र पार व्यापार करने का साहस और रुचि रखते थे। इस बैठक की अध्यक्षता कर रहे थे लंदन के तत्कालीन 'लॉर्ड मेयर', अर्थात् महापौर सर निकोलस मूसली! इन व्यापारियों ने भारत की समृद्धि के अनेक किस्से सुन रखे थे। भारत से व्यापार करके यूरोप के अनेक देश कैसे तरक्की कर रहे हैं, यह भी उनको दिख रहा था। स्वाभाविकत: इन सबकी भारत के साथ व्यापार करने की इच्छा थी।

इस बैठक में शामिल उन 80 व्यापारियों को यह यत्किंचित् भी आभास नहीं था कि उनकी इस बैठक से, भविष्य में भारतीय उपमहाद्वीप का इतिहास और भूगोल दोनों बदलने जा रहे हैं!

इन व्यापारियों ने इस बैठक में तय किया कि इंग्लैंड की रानी एलिजाबेथ (प्रथम) के पास वे अपनी कंपनी प्रारंभ करने की अर्जी देंगे। इस कंपनी का नाम रहेगा—'लंदन की ईस्ट इंडिया कंपनी'।

क्वीन एलिजाबेथ (प्रथम) ने इस अर्जी पर निर्णय लेने में लगभग 15 महीने लगाए और सन् 1600 के अंतिम दिवस, अर्थात् 31 दिसंबर को रानी ने कंपनी को मान्यता दी। साथ ही 15 वर्ष के लिए पूर्व की दिशा में व्यापार करने का एकाधिकार भी इस कंपनी को दिया। उन दिनों रानी की भाषा में पूर्व का अर्थ होता था, केप ऑफ गुड होप से आगे का क्षेत्र, अर्थात् अफ्रीका से पूरब की ओर का सारा क्षेत्र, जब इस कंपनी को चार्टर मिला, तब इसमें 218 लोग शेयर होल्डर थे। कंपनी का पंजीकृत नाम था—'Governor and Company of Merchants of London, Trading into the East Indies.' हालाँकि कंपनी का प्रचलित नाम हुआ—'ईस्ट इंडिया कंपनी'।

आगे चलकर सन् 1695 में 5 सितंबर को एक और ईस्ट इंडिया कंपनी बनी, जिसका पंजीकृत नाम था—'The English Company, Trading to the East Indies'. इसे इंग्लिश ईस्ट इंडिया कंपनी कहा गया। मात्र 10 वर्षों में ये दोनों कंपनियाँ मर्ज हुईं और 29 सितंबर, 1805 को दोनों को मिलाकर एक नई

कंपनी बनी—'The United Company of Merchants of England, Trading to the East-Indies.' यह सारा कागजों का खेल था। यह नई कंपनी भी 'ईस्ट इंडिया कंपनी' कहलाई।

इस कंपनी में एक गवर्नर और 24 लोगों की कमेटी रहती थी, जो कंपनी की सारी गतिविधियाँ देखती थी। क्रिस होल्टे अपने ब्लॉग में लिखते हैं, "ईस्ट इंडिया कंपनी आज के कॉरपोरेट्स के लिए मॉडल कंपनी थी, यह असाधारण सच था, क्योंकि इस कंपनी के पास अपनी फौज थी, यह अपने बूते पर विदेशी संबंध बनाती थी, इसने खुद अपनी लड़ाइयाँ भी लड़ीं। लड़ाइयाँ जीतने के लिए और जमीन की चौथ वसूलने के लिए घूस दी, ऐसा सब इसने किया। नीति, नियम तो इसके कोष्ठक में थे ही नहीं।" लगभग 100 वर्षों के इसके इतिहास में इसके मुख्यालय में मात्र 35 स्थायी कर्मचारी थे।

कपड़ा, मसाले आदि वस्तुओं के व्यापार के लिए बनी यह कंपनी बाद में व्यापार के साथ बहुत कुछ करने लगी। कंपनी की अधिकृत स्थापना हुई थी 31 दिसंबर, 1600 को। इसके 8 वर्ष बाद, अर्थात् गुरुवार 24 अगस्त, 1608 को

ईस्ट इंडिया कंपनी का पहला जहाज सूरत के किनारे पर लगा। इस जहाज का कप्तान था विलियम हॉकिंस। उन दिनों सूरत पर मुगलों का राज था और दिल्ली में मुगल बादशाह जहाँगीर बैठा था, किंतु ईस्ट इंडिया कंपनी ने मुगल बादशाह से आधिकारिक भेंट की सन् 1612 में। इसके पहले 1611 में कंपनी ने अपना पहला कारखाना लगाया भारत के पूर्व तट पर आंध्र प्रदेश के मछलीपट्टनम में और दो वर्षों के बाद, वर्ष 1613 में पश्चिमी किनारे पर, सूरत में कंपनी ने दूसरा कारखाना खोला।

वर्ष 1615 में थॉमस रो ने दिल्ली में मुगल बादशाह जहाँगीर से भेंट की और बादशाह से 'जहाँ-जहाँ मुगल सत्ता है, वहाँ-वहाँ कंपनी को कारखाने लगाने की अनुमति तथा व्यापार करने का एकाधिकार' माँगा। बदले में ईस्ट इंडिया कंपनी बादशाह को यूरोप की विशेष वस्तुएँ बेचेगी, ऐसा प्रस्ताव दिया। जहाँगीर बादशाह ने लगभग तीन वर्ष के पश्चात् इस प्रस्ताव को स्वीकार किया।

ब्रिटेन की रानी एलिजाबेथ ने कंपनी को 15 वर्ष तक पूर्व के देशों में व्यापार करने का एकाधिकार दिया था। 1609 में कंपनी के प्रमुख 'जेम्स द वन' ने रानी से बात करके कंपनी को अनिश्चित काल तक व्यापार करने का चार्टर (लाइसेंस) दिलाया।

भारत में अंग्रेजों की प्रमुख स्पर्धा पुर्तगाली व्यापारियों से थी। बाद में फ्रांसीसी और डच भी इस स्पर्धा में शामिल हुए। पुर्तगाली लगभग सौ वर्षों से भारत के साथ व्यापार कर रहे थे। भारत के पश्चिमी तट पर उन्होंने अपना स्थान बनाया था। गोवा उनके कब्जे में था और नीचे कालीकट से लेकर ऊपर दमन-दीव तक उन्होंने व्यापार का एक तंत्र बनाया था। अंग्रेज तुलना में नए थे। इसलिए उन्होंने पश्चिमी तट के साथ भारत के पूर्व तट पर अपने व्यापारी ठिकाने बनाए। कलकत्ता में व्यापारिक केंद्र खोला और इसी बंगाल से सत्ता का रास्ता भी बनाया।

आगे जब 1661 में पुर्तगाल के राजा की लड़की कैथरीन ब्रिगेंजा का विवाह इंग्लैड के राजपुत्र चार्ल्स (द्वितीय) के साथ हुआ, तो भारत के अंग्रेजों को, अर्थात् ईस्ट इंडिया कंपनी को, पुर्तगालियों की सत्ता वाला मुंबई (तत्कालीन बॉम्बे) द्वीप दहेज में मिला। कंपनी ने 1665 तक मुंबई को एक बड़े व्यापारी-केंद्र के रूप में प्रस्थापित किया।

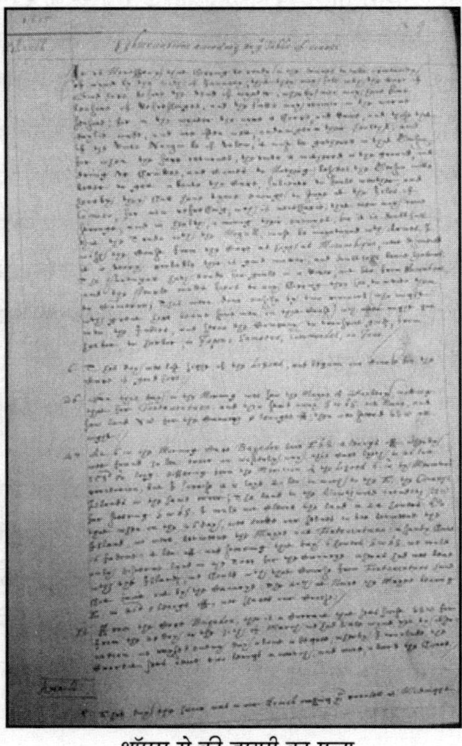

थॉमस रो की डायरी का पन्ना

कंपनी के अफसर मुगल बादशाह जहाँगीर को खुश रखने का हर प्रयास कर रहे थे। अंग्रेजों का जहाँगीर के दरबार में तैनात राजदूत थॉमस रो ने इस बारे में बहुत कुछ लिख रखा है। ये अंग्रेज, बादशाह जहाँगीर को और उसके कुछ सरदारों को विलायती लड़कियाँ भेंट

करते थे। 1617 में भारत आए हुए कंपनी के 'एने' जहाज से तीन महिलाएँ भी भारत पहुँचीं। ये तीनों कंपनी के बनाए हुए कानून को तोड़कर भारत पहुँची थीं। ये थीं—मरियम बेगम, फ्रांसेस स्टील और श्रीमती हडसन। इनमें से फ्रांसेस स्टील यह ब्रिटिश जहाज पर प्रवास के समय में ही गर्भवती थी। उसी जहाज से चलनेवाले रिचर्ड स्टील से उसने गुप्त रूप से विवाह किया था।

उसका बच्चा भारत की भूमि पर पैदा होनेवाला दूसरा अंग्रेज था। यह फ्रांसेस स्टील, दो वर्ष तक जहाँगीर बादशाह के अंत:पुर में रही, शायद यह मरियम बेगम से उसकी नजदीकी के कारण हुआ होगा। मरियम बेगम आर्मेनियन ईसाई थी और वह भी जहाँगीर के अंत:पुर में उसकी रखैली बनकर रही थी। यह सिलसिला आगे भी चलता रहा।

इन सबसे खुश होकर जहाँगीर के बाद दिल्ली की गद्दी पर बैठे शाहजहाँ बादशाह ने 1634 में अंग्रेज व्यापारियों को बंगाल प्रांत में मुक्त व्यापार करने की अनुमति दी। आगे चलकर सन् 1716 में तत्कालीन मुगल बादशाह फर्रुख सियार ने अंग्रेजों के व्यापार से सारे कर हटा लिये। इसके एवज में उसको अंग्रेजों ने दिए मात्र 3,000 रुपए! इस करमुक्त व्यापार का अंग्रेजों को बहुत लाभ हुआ और ठीक चालीस वर्ष के अंदर, सन् 1757 में प्लासी की लड़ाई जीतकर उन्होंने बंगाल पर कब्जा कर लिया। अर्थात् व्यापार और व्यापार के माध्यम से जमीनी सत्ता हथियाने के लिए अंग्रेजों ने छल, कपट, व्यभिचार, भ्रष्टाचार, लड़ाई—सारे रास्ते अपनाए।

भारत की लूट

भारत से संबंध आने के बाद अंग्रेजों के शब्दकोश में हिंदी व अन्य भारतीय शब्द प्रवेश करने लगे, अब तो 'जुगाड़', 'दादागिरी', 'सूर्य नमस्कार', 'अच्छा', 'चड्डी' आदि शब्द भी ऑक्सफोर्ड अंग्रेजी शब्दकोश में अपना स्थान बनाए हुए हैं, किंतु इस ऑक्सफोर्ड अंग्रेजी शब्दकोश में शामिल होनेवाला पहला हिंदी शब्द कौन सा था?

वह शब्द था 'लूट!'

विलियम डार्लिंपल (William Darlrymple) ने ईस्ट इंडिया कंपनी पर एक विस्तृत पुस्तक लिखी है—'The East India Company : The Original Corporate Riders' इस पुस्तक में वे लिखते हैं—

"One of the very first Indian words to enter the English language was the Hindustani slang for plunder: '"loot"'. According to the Oxford English Dictionary, this word was rarely heard outside the plains of north India until the late 18th century, when it suddenly became a common term across Britain."

("अंग्रेजी भाषा के शब्दकोश में सबसे पहले शामिल होनेवाला स्थानीय भारतीय शब्द था 'लूट'। ऑक्सफोर्ड शब्दकोश के अनुसार अठारहवीं शताब्दी तक यह शब्द उत्तर भारतीय इलाकों से बाहर यदा-कदा ही सुनाई देता था, परंतु अचानक ही यह शब्द ब्रिटेन में सामान्य रूप से उपयोग में आने लगा।")

ऐसा कहते हैं कि ईस्ट इंडिया कंपनी पर इंग्लैंड की संसद् का नियंत्रण था। यदि यह सच है तो ईस्ट इंडिया कंपनी ने भारत को जो जी भरकर लूटा, उसमें इंग्लैंड की संसद्, अर्थात् ब्रिटिश शासन भागीदार था।

क्रिस व्होल्टे लिखते हैं—"The East India Company would have a tradition of smuggling, piracy, trafficking, all kinds of fraud, privatising government functions, private militaries and looting. All enabled by that first charter."

(In his blog 'Holte's Thoughts' on Sunday 6 August, 2017)

"[यह ईस्ट इंडिया कंपनी की परंपरा थी कि वह सदैव ही तस्करी, बौद्धिक चोरी, समुद्री डकैती, सरकारी व्यवस्थाओं का निजीकरण, निजी सेना सहित सभी प्रकार की धोखाधड़ी में शामिल रही। यह सारी बुरी परंपराएँ, उनके सर्वप्रथम घोषणा-पत्र द्वारा ही बनाई गई थीं।"

(6 अगस्त, 2017, रविवार को होल्ट द्वारा लिखे गए गए ब्लॉग के अनुसार)]

क्रिस होल्ट आगे लिखते हैं—"The reality of East India Company was that it was basically an organisation of pirates, privateers, in that everything they did was 'legal', at least from the point of view of the British Crown."

("वास्तव में ईस्ट इंडिया कंपनी मूलत: समुद्री लुटेरों का एक बड़ा संगठन मात्र थी, परंतु ब्रिटिश राजपरिवार के दृष्टिकोण के अनुसार यह कंपनी जो भी कर रही थी, वह 'कानूनी' था।")

अंग्रेज कितने लुटेरे थे, यह उन्होंने भारत के एक हिस्से बंगाल पर हुकूमत कायम करते ही दिखा दिया। 1757 में प्लासी के युद्ध में बंगाल के नवाब को परास्त करने के बाद अंग्रेजों ने कोई विवेक नहीं दिखाया और न हीं 'सोफेस्टिकेशन'। उन्होंने तो ठेठ लुटेरों के जैसे बंगाल के पूरे खजाने को 100 जहाजों में भरा और गंगा में नवाब महल से कलकत्ता के उनके मुख्यालय 'फोर्ट विलियम' में पहुँचाया।

उन दिनों बंगाल देश का संपन्न प्रांत था। बंगाल का खजाना अत्यंत समृद्ध था, ऐसे भरे-पूरे खजाने का अंग्रेजों ने क्या किया? इसमें से अधिकतम हिस्सा इंग्लैंड पहुँचाया गया और उसी पैसों के एक बड़े हिस्से से इंग्लैंड के वेल्स प्रांत में स्थित पोविस के किले का जीर्णोद्धार किया गया। इस किले का मालकाना हक बाद में रॉबर्ट क्लाइव के परिवार के पास आया।

बंगाल की इस लूट के बाद भी सत्ता में होने के कारण अंग्रेज बंगाल को निचोड़ते रहे, और ज्यादा लूटते रहे, किंतु कुछ ही वर्षों बाद जब बंगाल का महाभयानक सूखा पड़ा, तब इन अंग्रेज शासकों ने क्या किया ?

कुछ नहीं! कुछ भी नहीं...!!

1769 से 1771 तीन वर्ष भयानक सूखे के रहे, लेकिन आज लोकतंत्र का दंभ भरनेवाले अंग्रेजों ने क्या किया ? लूटे हुए खजाने का एक छोटा हिस्सा भी सूखाग्रस्तों को दिया ? उत्तर नकारात्मक है।

इस महाभयानक सूखे में लगभग एक करोड़ लोगों की जानें गईं, अर्थात् एक तिहाई जनसंख्या मारी गई, लेकिन कंपनी बंगाल का सारा राजस्व इंग्लैंड भेजती रही और बंगाल में लोग मरते रहे। क्रिस होल्टे लिखते हैं—"The East India Company was devoted to organised theft. Bengal's wealth rapidly drained into Britain."

("ईस्ट इंडिया कंपनी संगठित तरीके से डकैती में शामिल रहती थी। उन दिनों तत्कालीन बंगाल की अधिकतम संपत्ति तेजी से ब्रिटेन द्वारा हड़प ली गई थी।")

"बंगाल में सूखे के कारण हुई मौतें प्राकृतिक आपदा नहीं थी, यह था नरसंहार!"

अमेरिका के UCLA कॉलेज के Social Sciences के वेब पेज पर लिखा है—

"Years of its administration were calamitous for the people of Bengal. The Company's servants were largely a rapacious and self-aggrandising lot, and the plunder of Bengal left the formerly rich province in a state of utter destitution. The famine of 1769-70, which the Company's policies did nothing to alleviate, may have taken the lives of as many as a third of the population." In other words, 'genocidal'.

("बंगाल में ईस्ट इंडिया कंपनी का समूचा प्रशासन एक बड़ा विपत्तिकाल था। कंपनी के अधिकारी बड़े पैमाने पर लालची थे और कमजोरों पर दबाव बनाकर शक्ति बढ़ाने में लगे थे। इस स्थिति में बंगाल की विशाल लूट ने इस

समृद्ध प्रांत को विनाश के कगार पर ला खड़ा किया। बंगाल में 1769-70 के भीषण अकाल के समय कंपनी ने जनता की मदद के लिए कोई नीति नहीं बनाई एवं आम जनता को मरने के लिए छोड़ दिया। इस कारण बंगाल की लगभग एक तिहाई जनसंख्या भूख से मारी गई, दूसरे शब्दों में कहें तो यह एक नरसंहार ही था।")

मैथ्यू व्हाइट प्रख्यात अमेरिकन इतिहासकार हैं। वर्ष 2011 में उन्होंने एक पुस्तक लिखी, जिसकी चर्चा सारे विश्व में हो रही है। पुस्तक है—The Great Big Book of Horrible Things. इस पुस्तक में उन्होंने विश्व की 100 सबसे ज्यादा क्रूरतापूर्ण घटनाओं का वर्णन किया है। इस सूची में चौथे क्रमांक पर है, अंग्रेजों की हुकूमत में भारत में पड़ा अकाल! इस विपदा में मैथ्यू व्हाइट के अनुसार 2 करोड़ 66 लाख भारतीयों की मृत्यु हुई थी। इसमें द्वितीय विश्वयुद्ध के समय बंगाल के अकाल में मृत 30 से 50 लाख भारतीयों की गिनती नहीं है, अर्थात् भारत में अंग्रेजी सत्ता के रहते 3 करोड़ से ज्यादा भारतीयों को अपनी जान से हाथ धोना पड़ा था।

नोबल पुरस्कार विजेता अर्थशास्त्री अमर्त्य सेन ने भी वर्ष 1769 के अकाल में मरनेवालों की संख्या एक करोड़ से ऊपर बताई है। बंगाल उन दिनों अत्यंत उपजाऊ और समृद्ध प्रदेश माना जाता था। ऐसे बंगाल में इतनी ज्यादा संख्या में लोग भुखमरी से मारे गए, यह समझ से बाहर है।

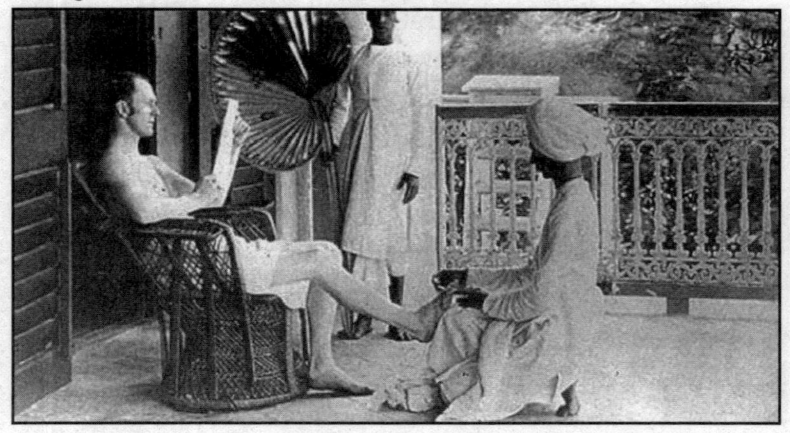

अकाल तो प्राकृतिक आपदा थी। इसमें भला अंग्रेजी हुकूमत का क्या कसूर? ऐसा प्रश्न सामने आना स्वाभाविक है, किंतु इस संदर्भ में प्रख्यात इतिहासकार एवं तत्त्ववेत्ता विल ड्यूरांट लिखते हैं—

"भारत में 1769 में आए महा भयंकर अकाल की जड़ में निर्दयता से किया गया शोषण, संसाधनों का असंतुलन और अकाल के समय में भी अत्यंत क्रूरता से वसूल किए गए महँगे कर थे। अकाल के कारण हो रही भुखमरी से तड़पते किसान कर भरने की स्थिति में नहीं थे, किंतु ऐसे मरणासन्न किसानों से भी अंग्रेज अधिकारियों ने अत्यंत बर्बरतापूर्वक कर वसूली की।"

जिस भ्रष्टाचार के द्वारा अंग्रेजों ने ईस्ट इंडिया कंपनी के माध्यम से भारत में सत्ता हथियाई, उसी भ्रष्टाचार की घुन कंपनी को बड़ी संख्या में लगी थी। कुछ अनुपात में तो प्रारंभ से ही कंपनी ने अपने कर्मचारियों को व्यक्तिगत कमाने की छूट दे रखी थी। अन्यथा इतने साहसी, कठिन और अनिश्चित अभियान पर कर्मचारी मिलना कंपनी को कठिन लग रहा था।

रॉबर्ट क्लाइव ने सारे छल-कपट का प्रयोग करके बंगाल की सत्ता हथियाई थी। उसके बाद अंग्रेजों ने बंगाल को जी भरकर लूटा। इस लूट का एक बड़ा हिस्सा रॉबर्ट क्लाइव के पास गया। वह जब ब्रिटेन वापस गया, तब उसके व्यक्तिगत संपत्ति की कीमत आँकी गई थी—2,34,000 पाउंड। तत्कालीन यूरोप का वह सबसे अमीर व्यक्ति बन गया था। प्लासी की लड़ाई में जीतने के बाद बंगाल के नवाब

रॉबर्ट क्लाइव

का जो खजाना कंपनी के पास पहुँचा, उसकी कीमत आँकी गई थी 25 लाख पाउंड।

अर्थात् आज की दर से निकालें तो प्लासी की लड़ाई के बाद कंपनी को मिले थे 25 करोड़ पाउंड और रॉबर्ट क्लाईव को मिले थे 2.3 करोड़ पाउंड!

स्टर्लिंग मीडिया के चेयरमैन एवं प्रख्यात पत्रकार मेहनाज मर्चंट ने इस संदर्भ काफी खोजबीन करके लिखा है, जो देश के अधिकतम बुद्धिजीवियों को स्वीकार्य है। मर्चंट लिखते हैं, "1757 से 1947 इन 190 वर्षों में अंग्रेजों ने भारत की जो लूट की है, वह 2015 के विदेशी मुद्रा विनिमय के आधार पर 3 लाख करोड़ डॉलर होती है। इसकी तुलना में 1738 में नादिरशाह ने दिल्ली लूटी थी, उसकी कीमत 14,300 करोड़ डॉलर छोटी लगने लगती है।"

अंग्रेजों की इस लूट में उन्होंने भारतीय सैनिकों का उपयोग पूरी दुनिया में अलग-अलग लोगों से लड़ने में किया, उसका समावेश नहीं है। ब्रिटिश हुकूमत ने पूरे विश्व पर अपना दबदबा कायम करने के लिए भारतीय सैनिकों को दुनिया के कोने-कोने में लड़ने के लिए भेजा। यह सूची लंबी-चौड़ी है। चीन में 1860 और 1900-1901, इथियोपिया में 1867-68, मलाया में 1875, माल्टा में 1878, इजिप्त में 1882, सूडान में 1885 और 1896, ब्रह्मदेश (म्याँमार) में 1885, पूर्व अफ्रीका में 1896, 1897 और 1898; सोमालीलैंड में 1890 और 1903-04, तिब्बत में 1903। इन युद्धों के अलावा प्रथम विश्वयुद्ध और द्वितीय विश्वयुद्ध में लाखों भारतीय जवान अंग्रेजों की सेना से लड़े। किसी भी प्रकार के कठिन युद्ध में अंग्रेज अफसर भारतीय सैनिकों को ही भेजते थे। इथियोपिया के अबिसीनिया में कैद अंग्रेजों को छुड़ाने के लिए 12,000 भारतीय सैनिक भेजे गए थे। इजिप्त के विद्रोह को कुचलने के लिए 9,444 सैनिक भेजे गए। ब्रह्मदेश के युद्ध में भेजे गए सात में से छह भारतीय सैनिक युद्ध में या बीमारी से मारे गए। ऐसे लगभग सभी युद्धों में भारतीय सैनिकों की असीम हानि हुई।

उन्नीसवीं शताब्दी के अंत में अंग्रेजों के पास 3 लाख 25 हजार की खड़ी फौज थी। इनमें से दो तिहाई सैनिकों को भारत के कर दाताओं के पैसों से ही वेतन और अन्य सुविधाएँ दी जाती थीं। भारत में तैनात अंग्रेज सैनिकों को वेतन तो भारत से मिलता ही था, साथ ही सेवानिवृत्ति के पश्चात् का सारा खर्चा भी भारत से ही किया जाता था और फिर ये सब करते हुए भारतीय सैनिक और अंग्रेज सैनिकों में बहुत ज्यादा असमानता रहती थी। उनके वेतन में, पदोन्नति में, सुख-सुविधाओं में, राशन-पानी में खूब अंतर रहता था। कितना भी शौर्य दिखाया तो भी भारतीय सैनिक कभी भी अंग्रेज सैनिक की बराबरी नहीं कर सकता था।

भारत छोड़ते समय अंग्रेजों के सेना प्रमुख थे जनरल आचीनलेक। उन्होंने प्रकट रूप से कहा है कि 'प्रथम और द्वितीय विश्वयुद्ध में यदि हमारे साथ भारतीय सैनिक नहीं होते तो हमें जीतना संभव नहीं था।'

संक्षेप में अंग्रेज अठारहवीं और उन्नीसवीं शताब्दी में विश्व के पटल पर महाशक्ति थे तो भारतीयों की बदौलत, किंतु अंग्रेजों ने हमें क्या दिया ? जब अंग्रेज भारत आए तो वर्ष 1700 में विश्व व्यापार में भारत की हिस्सेदारी 23 प्रतिशत से

ज्यादा, अर्थात् लगभग एक चौथाई थी। उस समय इंग्लैंड का वैश्विक व्यापार में हिस्सा था, मात्र 2.8 प्रतिशत। 1700 में इंग्लैंड का कुल आर्थिक उत्पादन मात्र 200 मिलियन पाउंड से भी कम था, किंतु भारत छोड़ने के बाद वर्ष 1950 में कुल आर्थिक उत्पादन हो जाता हैं 200 बिलियन पाउंड्स से भी ऊपर! अर्थात् भारत को उपनिवेश बनाकर इंग्लैंड ने मात्र 250 वर्षों में अपना कुल आर्थिक उत्पादन एक हजार गुना से भी ज्यादा बढ़ाया! और भारत की स्थिति क्या थी? वर्ष 1950 में विश्व व्यापार में भारत की हिस्सेदारी रह गई थी 3 प्रतिशत से भी कम।

अंग्रेजो ने हमें खूब लूटा। जी भरकर लूटा और ऊपर से तुर्रा यह कि हम तो भारत की भलाई कर रहे थे।

□

2

भारतीय नौका उद्योग को समाप्त किया

प्रख्यात अर्थशास्त्री प्रो. अंगस मेडिसन ने अपने ग्रंथ 'द हिस्टरी ऑफ वर्ल्ड इकॉनोमिक्स' में विश्व के व्यापार की परिस्थिति भिन्न-भिन्न कालखंडों में क्या थी, इसका प्रत्यक्ष प्रमाणों के साथ वर्णन किया है। इनके अनुसार, आज से 2,000 हजार वर्ष पहले, अर्थात् पहली शताब्दी में विश्व व्यापार में भारत का हिस्सा 32 प्रतिशत था, जो वर्ष 1000 में, अर्थात् ग्यारहवीं शताब्दी के प्रारंभ में 28 प्रतिशत था। उन दिनों भारत विश्व का सबसे बड़ा निर्यातक देश था। जाहिर है, भारतीय व्यापारी कपड़े, मसाले, रेशम आदि माल को जहाजों में लादकर विश्व के कोने-कोने में जाते थे।

भारत में समुद्री जहाज से किए हुए प्रवास को 'नौकायन', 'नौकायन' या प्राचीनकाल से 'नवगति' कहा जाता है। 'नवगति' संस्कृत शब्द है। इसी शब्द के आधार पर अंग्रेजी समानार्थी शब्द 'नेविगेशन' तैयार हुआ, ऐसा माना जाता है। भारत में प्राचीन समय में नौकायन शास्त्र अत्यंत उन्नत स्वरूप में था।

इसके अनेक प्रमाण भी मिलते हैं। विश्व के सबसे प्राचीन ग्रंथ ऋग्वेद में भारतीयों द्वारा समुद्री यात्रा किए जाने के अनेक उल्लेख मिलते हैं। इसमें वरुण को समुद्र का देवता कहा गया है। ऋग्वेद के सूक्त कहते हैं कि जहाजों (पोतों) द्वारा प्रयोग किए जानेवाले महासागरीय मार्गों का वरुण को अच्छा ज्ञान था। ऋग्वेद में इस बात का भी उल्लेख है कि व्यापार और धन की खोज में व्यापारी, महासागर के रास्ते, दूसरे देशों में जाया करते थे।

वेर्द. यः. वीनाम्. पदम्. अन्तरिक्षेण. पर्तताम्. वेर्द. नावः. समुद्रियः ॥ 1.25.7

अर्थ : (यः) जो (समुद्रियः), समुद्र अर्थात् अंतरिक्ष वा जलमय प्रसिद्ध समुद्र में अपने पुरुषार्थ से युक्त विद्वान् मनुष्य (अंतरिक्षेण) आकाश मार्ग से (पतताम्) जाने-आने वाले (वीनाम्) विमान सब लोक वा पक्षियों के और समुद्र में जानेवाली (नावः) नौकाओं के (पदम्) रचन चालन ज्ञान और मार्ग को (वेद) जानता है, वह शिल्पविद्या की सिद्धि के करने को समर्थ हो सकता है, अन्य नहीं।

रामगोविंद त्रिवेदी ने 'सायण भाष्य' के आधार पर इसका अर्थ लगाया है—जो वरुण अंतरिक्ष-चारी चिड़ियों का मार्ग और समुद्र की नौकाओं का मार्ग जानते हैं।

Ralph Thomas Hotchkin Griffith ने इसका अंग्रेजी में अनुवाद किया है—"He knows the path of birds that fly through heaven, and, Sovran of the sea, he knows the ships that are thereon."

विश्व का सबसे प्राचीन 'टाइडल डॉक' (Tidel Dock—ज्वार की गोदी), लगभग 5,000 वर्ष पहले गुजरात के 'मांगरोल' में बाँधा गया था, तब मांगरोल समृद्ध बंदरगाह था। आज वह जूनागढ़ जिले की छोटी सी गोदी (बंदर) है।

भारत की विश्व व्यापार में हिस्सेदारी जब चरम पर थी, अर्थात् पहली शताब्दी में वर्ष 23 से 79 के बीच 'गेअस प्लिनस सिकंदस', जिसे 'प्लिनी द एल्डर' कहा जाता हैं, ने भारत के बारे में बहुत कुछ लिख रखा है। अपनी मृत्यु के दो वर्ष पहले, अर्थात् वर्ष 77 में उसने भारत के रोमन साम्राज्य से होनेवाले व्यापार के बारे में विस्तृत लिख रखा है।

'प्लिनी द एल्डर' ने भारत रोमन साम्राज्य को जो वस्तुएँ निर्यात करता था, उसकी सूची भी दी है। यह मुख्यत: रोमन लेखक, इतिहासकार, चिंतक, विचारक, सेनानी और निसर्गप्रेमी व्यक्ति था। इसकी Naturalis Historia (नेचुरल हिस्टरी) पुस्तक प्रसिद्ध है, जो मूलत: एक विश्वकोश है। इसकी एक और पुस्तक चर्चा में रहती है, जो जर्मनी के प्रवास पर आधारित है—De Origine et situ Germanorum (On the Origin and Situation of Germans)। 'प्लिनी द एल्डर' ने रोमन साम्राज्य की नौसेना में काम किया है। इसी के आधार पर उसने भारतीय जहाजों की भव्यता के बारे में लिख रखा है।

पहली शताब्दी में ही एक ग्रीक नाविक कप्तान ने अपनी डायरी लिखी है, जो 'पेरिप्लस ऑफ ईरिथ्रायीयन सी' (Periplus of the Erythraean Sea) नाम से प्रसिद्ध है। वर्ष 40 से 50 के बीच में यह डायरी लिखी गई। इसमें कराची के पास, सिंधु नदी के मुहाने से लेकर सुदूर पूर्व में कोलकाता के पास, गंगा के मुहाने तक, सभी प्रमुख बंदरगांहों की सूची दी गई है। भड़ोच (भरुच) का उन दिनों यूरोप के प्रमुख शहरों से व्यापार होता था, उसका भी वर्णन है। इसमें उज्जैन, पैठन आदि समृद्ध शहरों के भी उल्लेख मिलते हैं।

चंद्रगुप्त मौर्य के कालखंड में भारत के जहाज विश्वप्रसिद्ध थे। इन जहाजों के द्वारा विश्व भर में भारत का व्यापार चलता था। इस बारे में कई ताम्रपत्र और शिलालेख प्राप्त हुए हैं। बौद्ध प्रभाव वाले कालखंड में, छठी शताब्दी में बंगाल में सिंहला (या सिंहबाहु ?) नामक राजा के शासनकाल में सात सौ यात्रियों को लेकर चले एक जहाज का राजवालिया (Rajavalliya) में श्रीलंका के प्रवास पर जाने का उल्लेख मिलता है। इस जहाज में राजा ने अपने पुत्र राजकुमार विजय को श्रीलंका में भेजा था, जब विवाह करके यह जहाज वापस आया तो उसमें

राजकुमार विजय की पत्नी, जो पांड्य राजवंश की कन्या थी, के साथ 800 यात्री थे। कुषाण काल एवं हर्षवर्धन काल में भी समुद्री व्यापार की समृद्ध परंपरा का उल्लेख मिलता है।

भारतीय नौकानयन के तथा भारतीय जहाजों के विश्वव्यापी और मजबूत पदचिह्न यदि देखने हों तो बेरेनिके (Berenike) परियोजना का अभ्यास करना आवश्यक हो जाता है। बेरेनिके इजिप्त का सर्वाधिक प्राचीन बंदरगाह है। स्वेज नहर के दक्षिण में 800 किमी. दूर स्थित यह बंदरगाह समुद्र के पश्चिमी तट पर है।

बेरेनिके परियोजना, पुरातत्त्व उत्खनन के कई परियोजनाओं में से एक बहुत बड़ी परियोजना है। इस पर 1994 में कार्य प्रारंभ हुआ और आज भी खुदाई जारी है। नीदरलैंड फॉर साइंटिफिक रिसर्च, नैशनल जियोग्रॉफी, नीदरलैंड विदेश मंत्रालय, यूनिवर्सिटी ऑफ डेलावर एवं अमेरिकन फिलोसॉफिकल सोसाइटी, इन सभी ने संयुक्त रूप से इस परियोजना में अपना पैसा लगाया हुआ है।

ईसा पूर्व 275 में टोलेमी-द्वितीय (Ptolemy-II) नामक इजिप्त के राजा ने लाल समुद्र के किनारे इस बंदरगाह का निर्माण किया था और उसे अपनी माता का नाम दिया—बेरेनिके। स्वाभाविक रूप से बेरेनिके एक उत्तम बंदरगाह तो था ही, परंतु जलवायु की दृष्टि से भी व्यापारिक माल के लिए अनुकूल था। इस बंदरगाह से ऊँटों के माध्यम से माल की आवाजाही इजिप्त और अन्य पड़ोसी देशों में सहजता से होती थी।

भारत की दृष्टि से इस परियोजना का महत्त्व यह है कि यहाँ पर खुदाई में अत्यधिक प्राचीन भारतीय वैश्विक व्यापार के ठोस सबूत प्राप्त हुए हैं। इस पुरातत्त्व उत्खनन में लगभग आठ किलो काली मिर्च प्राप्त हुई है, जो कि निर्विवाद रूप से दक्षिण भारत में ही उगाई जाती थी। इसके अलावा भारत से निर्यात किए हुए कुछ कपड़े, चटाइयाँ और थैलियाँ भी मिली हैं। कार्बन डेटिंग में यह सारा सामान ईस्वी सन् '30 से ईस्वी सन् '70 तक के बीच का निकला है। इस उत्खनन में शोधकों को एक रोमन पेटी भी मिली, जिसमें भारत के 'बटिक प्रिंट' वाले कपड़े एवं भारतीय शैली में चित्रित कुछ कपड़े भी मिले।

इन सभी उत्खननों से सभी शोध वैज्ञानिकों ने यह निष्कर्ष निकाला है कि ईसा पूर्व से दो-तीन हजार वर्ष पहले हिंदू अपनी समृद्ध एवं संपन्न संस्कृति लेकर विश्व भर में प्रवास करते थे, व्यापार करते थे एवं अपने ज्ञान-विज्ञान की विरासत संसार को देते रहते थे। विश्व के अनेक स्थानों पर सबसे पहले पहुँचने वाले यदि कोई थे, तो वे हिंदू नाविक एवं हिंदू व्यापारी थे।

दुर्भाग्य से हमने अपने इतिहास को सही तरीके से सँजोकर, सँभालकर नहीं रखा, इसीलिए कोलंबस, वास्को-दि-गामा, मार्को पोलो, ह्वेन सांग जैसे नाम विश्व प्रसिद्ध हुए, लेकिन भारत के अनेक पराक्रमी नाविकों/व्यापारियों एवं राजाओं के नाम इतिहास की कालकोठरी में गुम हो गए।

डॉ. विष्णु श्रीधर वाकणकर एक नामचीन पुरातत्त्ववेत्ता हैं। मध्य प्रदेश में आदिम युग के चिह्नों से युक्त 'भीमबेटका' गुफाओं की खोज इन्होंने ही की है। डॉ. शरद हेबालकर की पुस्तक में प्रस्तावना लिखते समय वाकणकरजी ने उनके वर्ष 1984 के अमेरिका और मेक्सिको प्रवास का अनुभव लिखा है। इस प्रस्तावना में उन्होंने अमेरिका स्थित सैन दियागो के पुरातत्त्व संग्रहालय के अध्यक्ष बेरीफेल का उल्लेख किया है। बेरीफेल महोदय ने मेक्सिको के उत्तर-पश्चिम में स्थित युकाटन राज्य के तावसुको नामक स्थान पर माया संस्कृति के मंदिरों से प्राप्त 'वासुलून' नाम के भारतीय महानाविक की भाषा एवं लिपि में लिखे गए संदेश का उल्लेख किया है। इसी तथ्य के माध्यम से बेरीफेल ने निर्विवाद रूप से सिद्ध किया है कि आठवीं और नौवीं शताब्दी में वहाँ भारतीय आते-जाते रहे हैं।

मौर्य, पल्लव, चोल आदि राजवंशों के काल में भारतीय नौकानयन शास्त्र अपने चरम पर था। उन्नत किस्म के विशाल जहाज भारत में बनते थे।

1955 और 1961 में गुजरात के 'लोथल' में पुरातत्त्व विभाग द्वारा उत्खनन किया गया था। लोथल भले ही एकदम समुद्र के किनारे पर स्थित नहीं है, परंतु समुद्र की एक छोटी पट्टी लोथल तक आई हुई है। साबरमती नदी के मुहाने पर यह है। पुरातत्त्व विभाग के उत्खनन में यह सामने आया कि लगभग साढ़े तीन हजार वर्ष पहले लोथल एक वैभवशाली बंदरगाह था। इस स्थान पर अत्यंत

उन्नत एवं साफ-सुथरी उत्तम नगर संरचना स्थित थी। परंतु उत्खनन से प्राप्त अवशेषों में इससे भी अधिक महत्त्वपूर्ण बात यह निकलकर आई कि लोथल में जहाजों के निर्माण का कारखाना था। लोथल से अरब देशों एवं इजिप्त देश में बड़े पैमाने पर व्यापारिक गतिविधियों के भी प्रमाण मिले।

लगभग सन् 1955 तक लोथल अथवा पश्चिमी भारत के नौकायन शास्त्र संबंधित अधिक तथ्य हमारे पास नहीं थे, परंतु लोथल में किए उत्खनन के कारण इस ज्ञान के दरवाजे दुनिया के सामने खुल गए। इस खुदाई से पता चला कि समुद्र किनारे पर स्थित नहीं होने के बावजूद लोथल में नौकायन विज्ञान इतना समृद्ध था और वहाँ नौकायन से संबंधित इतनी गतिविधियाँ लगातार चलती रहती थीं तो गुजरात, महाराष्ट्र, कर्नाटक और केरल जैसे दूसरे पश्चिमी राज्यों के समुद्र किनारों पर इस बंदरगाह से भी अधिक कितनी ही सरस एवं समृद्ध संरचनाएँ रही होंगी।

आज हम जिसे मुंबई में 'नालासोपारा' कहते हैं, वहाँ पर लगभग हजार/डेढ़ हजार वर्ष पहले 'शुर्पारक' नामक वैभवशाली बंदरगाह था। इस स्थान पर भारत के जहाजों के अलावा अनेक देशों के जहाज व्यापार करने आते थे। इसी प्रकार दाभोल, इसी प्रकार सूरत।

आगे चलकर विजयनगर साम्राज्य स्थापित होने के बाद उस राज्य ने दक्षिण भारत में अनेक विशाल और सुंदर बंदरगाहों का निर्माण किया तथा पूर्व एवं पश्चिम दोनों ही दिशाओं में व्यापार आरंभ किया। जावा, सुमात्रा, मलय, सिंहपुर, स्याम, यवद्वीप इत्यादि सभी तत्कालीन देश, जो वर्तमान में इंडोनेशिया, मलेशिया, सिंगापुर, थाईलैंड, कंबोडिया, वियतनाम वगैरह नामों से जाने जाते हैं, इन सभी देशों पर हिंदू संस्कृति की जबरदस्त छाप आज भी मौजूद है। दो-ढाई हजार वर्ष पूर्व दक्षिण भारत के हिंदू राजा इन प्रदेशों में गए थे। ऐसा कोई भी तथ्य नहीं मिलता कि भारत से गए राजाओं ने वहाँ भीषण युद्ध किया हो। इसकी बजाय शांतिपूर्ण तरीके से अपनी समृद्ध संस्कृति के बल पर समूचा दक्षिण-पूर्व एशिया धीरे-धीरे हिंदू विचारों को अपना मानने लगा था।

अब एक स्वाभाविक प्रश्न उठता है कि जब बड़े पैमाने पर हिंदू राजा आंध्र, तमिलनाडु इत्यादि राज्यों से दक्षिण-पूर्व एशिया के देशों में गए तो वे

कैसे गए होंगे? जाहिर है कि समुद्री मार्ग से ही गए होंगे, अर्थात् उस कालखंड में भारत में नौकायन शास्त्र अत्यंत उन्नत स्थिति में मौजूद था। उस कालखंड के भारतीय नौकाओं एवं नाविकों के अनेक चित्र एवं मूर्तियाँ कंबोडिया, जावा, सुमात्रा, बाली जैसे स्थानों पर दिखाई देती हैं। उस काल में भी कम-से-कम सात सौ यात्रियों को ले जाने की क्षमतावाली नौकाओं का निर्माण भारत में होता था।

सुमात्रा द्वीप समूह वर्तमान में इंडोनेशिया का एक हिस्सा है। इस द्वीप समूह में एक पहाड़ पर 'बोरबूदूर' नाम का एक देवस्थान (मंदिर) है। इस मंदिर के दीवार पर अनेक चित्र उकेरे गए हैं, जिनमें भारतीय जहाजों के चित्र बहुतायत में हैं। इन चित्रों में तत्कालीन भव्य और विशाल जहाज मिलते हैं।

उस काल में समुद्री यात्राओं की स्थिति को देखते हुए यह निश्चित कहा जा सकता है कि भारतीयों के पास उत्तम दिशाज्ञान एवं समुद्री वातावरण की पूरी समझ थी, अन्यथा उस समय उफनते समुद्र में, आज जैसे आधुनिक मौसम यंत्र एवं यात्राओं संबंधी विभिन्न साधनों के नहीं होने के बावजूद, इतनी दूर के देशों तक पहुँचना, उन देशों से संबंध बनाना, वहाँ पर व्यापार करना, भारत जैसे देश के 'एक्सटेंशन' की तरह उन देशों से संपर्क लगातार बनाए रखना—इससे सिद्ध होता है कि भारतीयों का नौकायन शास्त्र उन दिनों अत्यधिक उन्नत रहा ही होगा।

अजंता की गुफाओं में जो चित्र बने हैं, उनमें एक चित्र ईसा के 543 वर्ष पहले, श्रीलंका में जहाज लेकर गए हुए विजयसिंह का है। भोपाल के पास स्थित 'साँची' के स्तूप में भी अनेक प्राचीन चित्र बनाए/उकेरे गए हैं। इन चित्रों में उस जमाने के एक विलासी जहाज का चित्र भी है। केरल के कड़क्करापल्ली में एक नाव (छोटा जहाज) के साबुत अवशेष मिले हैं। यह नाव वर्ष 900 से वर्ष 1200 के बीच की होने की संभवना है। 14.5 मीटर लंबी और 4 मीटर चौड़ी नाव, किसी भी मानकों पर मजबूत श्रेणी में आती है।

रॉबर्ट बेरोन वोन हेन गेल्डर्न (1885-1968), इस लंबे-चौड़े नाम वाले एक जाने-माने ऑस्ट्रियन एंथ्रोपोलॉजिस्ट हुए हैं। इनकी शिक्षा-दीक्षा वियना विश्वविद्यालय में हुई। आगे चलकर 1910 में ये भारत और बर्मा देशों के दौरे पर आए। भारतीयों के उन्नत वैज्ञानिक ज्ञान के प्रति इनके मन में अत्यंत कौतूहल

निर्माण हुआ और उन्होंने यहाँ पर अपना शोध आरंभ किया। इस वैज्ञानिक ने दक्षिण-पूर्वी देशों में अच्छा-खासा शोध कार्य किया। अपने शोध के अंत में रॉबर्ट ने मजबूती से इस बात को रेखांकित किया कि कोलंबस से कई वर्षों पूर्व बड़े-बड़े भारतीय जहाज मेक्सिको और पेरु देशों के दौरे किया करते थे। अब इससे अधिक और कौन सा सबूत चाहिए कि भारतीय नौकाओं/जहाजों का प्रवास पूरी दुनिया में सबसे पहले किया जाता रहा है? लेकिन फिर भी हमारे कथित बुद्धिजीवी कहते हैं कि अमेरिका की खोज कोलंबस ने और भारत की खोज (??) वास्को द गामा ने की!

वास्तविकता यह है कि मूलतः वास्को द गामा स्वयं ही भारतीय जहाजों की सहायता से भारत तक पहुँचा। राष्ट्रीय स्वयंसेवक संघ के सह-सरकार्यवाह श्री सुरेश सोनीजी ने डॉ. वाकणकर का संदर्भ देते हुए बहुत ही सटीक वर्णन किया है। डॉ. हरिभाऊ (विष्णु श्रीधर) वाकणकर उज्जैन के एक प्रसिद्ध पुरातत्त्व विद्वान् थे। भारत की सबसे प्राचीन नागरिक बस्ती के सबूत के रूप में जिन 'भीमबेटका' गुफाओं का उल्लेख किया जाता है, उन गुफाओं की खोज वाकणकरजी ने ही की है। अपने शोध के संदर्भ में डॉ. वाकणकर इंग्लैंड गए हुए थे। वहाँ पर एक संग्रहालय में उन्हें वास्को द गामा की हस्तलिखित डायरी दिखाई दी। उन्होंने

वह डायरी देखी और उसका अनुवाद पढ़ा। उसमें वास्को द गामा ने स्वयं वर्णन किया है कि वह भारत में कैसे-कैसे पहुँचा।

उस डायरी के अनुसार जब वास्को द गामा का जहाज अफ्रीका के जंजीबार में पहुँचा, तब उसने वहाँ अपने जहाज से तीन गुना बड़े जहाजों को देखा, जो भारतीय थे। एक अफ्रीकी दुभाषिए की मदद से वास्को द गामा इन भारतीय जहाजों के मालिक से भेंट करने गया। 'चंदन' नामक वह भारतीय व्यापारी अत्यंत सादे कपड़ों में खटिया पर बैठा हुआ था। जब वास्को द गामा ने उससे आग्रह किया कि उसे भी भारत आने की इच्छा है, तब उस व्यापारी ने सहजता से उत्तर दिया कि 'मैं कल ही वापस भारत जानेवाला हूँ, तुम अपना जहाज मेरे पीछे-पीछे लेकर चले आओ।' इस तरह वास्को द गामा भारत के समुद्र किनारे पर पहुँचा।

परंतु दुर्भाग्य से आज भी स्कूलों में यही पढ़ाया जाता है कि वास्को द गामा ने भारत की खोज की!

मार्को पोलो (1254-1324) को एक अत्यंत साहसी समुद्री यात्री माना जाता है। इटली के इस व्यापारी ने भारत होते हुए चीन तक की समुद्री यात्राएँ की थीं। यह तेरहवीं शताब्दी में भारत आया था। मार्को पोलो ने अपनी उस यात्रा के अनुभवों पर आधारित एक पुस्तक लिखी है—'मार्ह्वल्स ऑफ द वर्ल्ड'। इस पुस्तक का अंग्रेजी अनुवाद भी उपलब्ध है। इस पुस्तक में मार्को पोलो ने भारतीय जहाजों का बड़ा ही सुंदर वर्णन किया है। वह लिखता है कि भारत में विशालतम जहाजों का निर्माण किया जाता है। लकड़ियों की दो परतों को जोड़कर उसमें लोहे की कीलों से उसे मजबूत किया जाता है और बाद में कीलों के उन सभी छोटे-बड़े छेदों को बंद करने के लिए एक विशेष प्रकार का गोंद उसमें भरा जाता है, जिससे पानी को पूर्णरूप से रोक दिया जाता है।

मार्को पोलो ने भारत में लगभग तीन सौ नाविकों के जहाजों का अध्ययन किया। उसने लिखा है—"एक-एक जहाज में तीन से चार हजार बोरी का सामान रखा जा सकता है और इसमें नाविकों/यात्रियों के रहने के लिए कमरे भी होते हैं। लकड़ी का सबसे निचला हिस्सा खराब होने लगता है तो तत्काल उस पर

लकड़ी की दूसरी परत चढ़ाई जाती है।" भारतीय जहाजों की गति इतनी बढ़िया थी कि ईरान से कोचीन तक की यात्रा केवल आठ दिनों में पूरी हो जाती थी।

आगे चलकर निकोली कांटी नामक एक और समुद्री यात्री पंद्रहवीं शताब्दी में भारत आया। इसने तो भारतीय जहाजों की भव्यता और विशालता के बारे में बहुत कुछ लिखा है। डॉ. राधा कुमुद मुखर्जी ने अपनी पुस्तक 'इंडियन शिपिंग' में तत्कालीन भारतीय जहाजों का सप्रमाण एवं विस्तारपूर्वक वर्णन किया हुआ है।

जे.एल. रेड (J.L. Reid) यह 'Institute of Naval Architect and Shipbuilders in England' के सदस्य थे। इन्होंने मुंबई (तत्कालीन Bombay) के गजेटियर में लिखकर के रखा है कि डेढ़-दो हजार वर्ष पूर्व विश्व में भारतीय नाविक दिशादर्शक यंत्र (मरीन कंपास) का प्रयोग करते थे। इन भारतीय नाविकों ने ही विश्व में सर्वप्रथम इस दिशा दर्शक यंत्र का उपयोग प्रारंभ किया। एक छोटे से चपटे डिब्बे में तेल रहता था। इसमें मछली के आकार का चुंबक होता था। इसे भारतीय नाविक 'मच्छ यंत्र' कहते थे। (J.L. Reid– Bombay Gazetteer Vol. XIII Part II, Appedix A)

किसी भी नाविक के लिए अत्यंत आवश्यक यंत्र होता है—सेक्सटैंट (Sextant)। यह सबसे सरल और सुगठित यंत्र है, जो किन्हीं दो बिंदुओं द्वारा बना कोण पर्याप्त यथार्थता से नापने में काम आता है। इस यंत्र की खोज वर्ष 1730 में जान हैडले (John Hadley) और टॉमस गोडफ्रे (Thomas Godfrey) नामक वैज्ञानिकों ने अलग-अलग स्वतंत्र रूप से की थी, किंतु भारतीय नाविकों के पास इस प्रकार का यंत्र अत्यंत प्राचीनकाल से पाया जाता रहा है। इसे 'वृत्तशंख भाग' कहा जाता था। अनेक प्राचीन ग्रंथों में

इसका वर्णन आता है। ईसा पूर्व 300-400 वर्ष लिखी गई 'जातक कथाओं' में भी इस यंत्र का उल्लेख है।

भारत में उत्तर दिशा से इसलामिक आक्रमण आरंभ होने के कालखंड में, अर्थात् ग्यारहवीं शताब्दी में मालवा के राजा भोज ने ज्ञान-विज्ञान से संबंधित अनेक ग्रंथ लिखे अथवा विद्वानों से लिखवाए, इन्हीं ग्रंथों में से एक प्रमुख ग्रंथ है 'युक्ति कल्पतरु'। यह ग्रंथ जहाज निर्माण के संदर्भ में है। छोटी यात्राओं एवं लंबी यात्राओं के लिए छोटे और बड़े, अलग-अलग क्षमताओं वाले जहाजों का निर्माण कैसे किया जाता है, इसका वर्णन इस ग्रंथ में है। जहाज निर्माण के विषय पर इस ग्रंथ को प्रामाणिक माना जाता है। अलग-अलग प्रकार के जहाजों के लिए भिन्न-भिन्न प्रकार की लकड़ियों का चयन कैसे किया जाए, इससे शुरुआत करते हुए विशिष्ट क्षमताओं वाले जहाज एवं उनका पूरा ढाँचा कैसे निर्मित किया जाए, इसका पूरा गणित इस ग्रंथ से प्राप्त होता है। इसमें जहाज बाँधते समय उस में लोहे की कीलों का उपयोग नहीं करने के बारे में लिखा है। समुद्र के लोहा चुंबकीय पत्थर, इन कीलों के कारण जहाज को अपनी ओर खींचते हैं, ऐसा उसका कारण भी दिया है।

'युक्तिकल्पतरु' के अनुसार जहाज तीन प्रकार के होते थे—

1. सर्वमंदिर जहाज : भव्य एवं बड़े कक्ष (कैबिन), एक छोर से दूसरे छोर तक प्रमुखता से राजघराने का खजाना ले कर जाने के लिए।

2. मध्य मंदिर जहाज : इन में वर्षा ऋतु की आवश्यकता के अनुसार कक्ष (कैबिन) होते थे।

3. अग्रमंदिर जहाज : कक्ष (कैबिन) सामने होता था। मुख्यत: यह साफ मौसम में उपयोग में लाया जाता था।

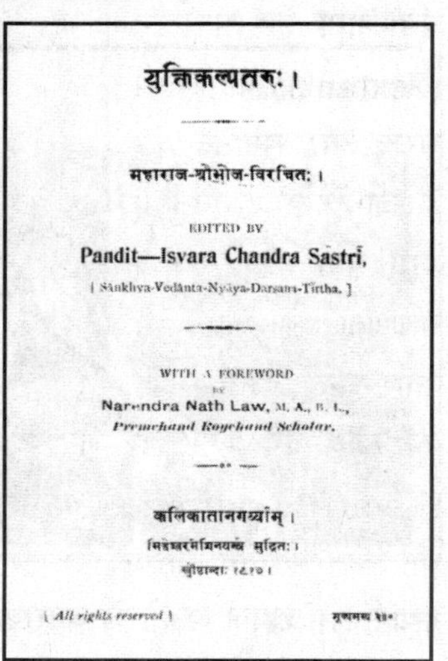

युक्तिकल्पतरुः ।

महाराज-श्रीभोज-विरचितः ।

EDITED BY

Pandit—Isvara Chandra Sastri,

[Sankhya-Vedanta-Nyaya-Darsana-Tirtha.]

WITH A FOREWORD

BY

Narendra Nath Law, M. A., B. L.,

Premchand Roychand Scholar.

कलिकातानगर्य्याम् ।

[illegible] मुद्रितः ।

[illegible]

[*All rights reserved*] [illegible]

इस ग्रंथ के लिखे जाने से भी हजार-

डेढ़ हजार वर्ष पहले ही भारतीय जहाज समूचे विश्व में भ्रमण कर रहे थे, अर्थात् यह 'युक्ति कल्पतरु' ग्रंथ कुछ नया शोध नहीं करता, परंतु जो ज्ञान पहले से भारतीयों के पास था, उसे लिपिबद्ध करता है, क्योंकि भारतीयों को नौकाशास्त्र का ज्ञान पुरातनकाल से ही था।

परंतु ग्यारहवीं शताब्दी में जो नौकायन शास्त्र चरम पर था, वह धीरे-धीरे मद्धिम पड़ता चला गया। मुगलों ने उन्हें मुफ्त में मिले जहाजों को ठीक से तो रखा, परंतु उनमें कोई वृद्धि नहीं की। दो सौ वर्षों का विजयनगर साम्राज्य अपवाद रहा। उन्होंने जहाज निर्माण के कारखाने भारत के पूर्वी एवं पश्चिमी, दोनों समुद्र किनारों पर आरंभ किए और अस्सी से अधिक बंदरगाहों को ऊर्जित अवस्था में बनाए रखा। आगे चलकर छत्रपति शिवाजी महाराज ने अपनी नौसेना स्थापित की और सरदार आंग्रे ने उसे मजबूत किया।

अंग्रेजों के भारत आगमन से पहले तक भारत में जहाज निर्माण की प्राचीन विद्या जीवित थी। सत्रहवीं शताब्दी तक यूरोपियन देशों की अधिकतम क्षमता 600 टन जहाज के निर्माण की थी, जबकि उसी कालखंड में भारत में 'गोधा' (संभवतः इसका नाम 'गोदा' होगा, जो कि स्पेनिश अपभ्रंश के कारण गोधा कहलाया होगा) नामक जहाज का निर्माण किया गया, जो 1500 टन से भी अधिक बड़ा था। उन दिनों भारत में मछलीपट्टन, सूरत, कालीकट, हुगली, क्विलॉन आदि स्थानों पर जहाज बनाने के कारखाने थे। ये जहाज विश्व के विभिन्न हिस्सों में

संचार करते थे। अरब महासागर और बंगाल की खाड़ी में में तो इनका चलना नियमित था।

भारत में अपनी दुकानें खोलकर बैठी कंपनियों, अर्थात् डच, पुर्तगाली, अंग्रेजी, फ्रेंच इत्यादि ने भारतीय जहाजों का उपयोग करना शुरू कर दिया और भारतीयों को ही खलासी के रूप में नौकरी पर रखा। सन् 1811 में विलियम बोल्ट्स द्वारा लिखी गई पुस्तक 'Considerations on India Affairs' में पृ. 316 पर ब्रिटिश अधिकारी लेफ्टिनेंट कर्नल ए. वॉकर को उद्धृत करते हुए लिखा है कि 'ब्रिटिश जहाजों को प्रत्येक दस-बारह वर्षों में बड़ी मरम्मत करनी पड़ती है, जबकि सागौन की लकड़ी से बने हुए भारतीय जहाज पिछले पचास वर्षों से बिना किसी रिपेयरिंग के उत्तम कार्य कर रहे हैं।"

भारतीय जहाजों की इस गुणवत्ता को देखते हुए 'ईस्ट इंडिया कंपनी' ने 'दरिया दौलत' नामक एक भारतीय जहाज खरीदा था, जो कि 87 वर्ष तक लगातार बिना किसी मरम्मत के उत्तम काम करता रहा।

मराठों को हराकर भारत की सत्ता हासिल करने से कुछ वर्ष पहले, अर्थात् 1811 में एक फ्रांसीसी यात्री बाल्त्जर साल्विंस (F. Baltazar Solvyns) ने 'ले हिंदू' (Les Hindous) नामक एक पुस्तक लिखी थी। उस पुस्तक में वह लिखते हैं, "...प्राचीनकाल में नौकायन क्षेत्र में हिंदू सबसे अग्रणी थे और आज भी (1811 में भी) इस क्षेत्र में वे यूरोपियन देशों को बहुत कुछ सिखा सकते हैं।" उनके शब्द हैं—"In ancient times, the Indians excelled in the art of constructing vessels, and the present Hindus can in this respect still offer models to Europe – so much so that the English, attentive to everything which relates to naval architecture, have borrowed from the Hindus many improvements which they have adopted with success to their own shipping...The Indian vessels unite elegance and utility, and are models of patience and fine workmanship."

("प्राचीनकाल में भारतीय लोगों ने जहाजों की निर्माण कला में अद्भुत कार्य किया है तथा वर्तमान हिंदू भी इस क्षेत्र में यूरोप के मुकाबले कई अच्छे

मॉडल देते हैं। अंग्रेज, जो स्वयं को अधिक चौकस एवं बुद्धिमान समझते हैं, उन्होंने भी जहाजों की नवीनीकरण हेतु हिंदुओं से कई तकनीकों को उधार लिया है। भारतीयों द्वारा निर्मित जहाज, भव्यता, मजबूती एवं उपयोगिता से भरपूर है तथा बेहतरीन कारीगरी के नमूने हैं।")

अंग्रेज उद्योगपतियों ने भारतीय जहाजों के बढ़ते प्रभाव के कारण ब्रिटिश संसद् में एक अर्जी पेश की। यह अर्जी भारतीय जहाज बनाने के उद्योग पर पाबंदी डालने के संदर्भ में थी। मजेदार बात यह, कि तब तक अंग्रेजों का भारत में एकाधिकार नहीं हुआ था। बंगाल और भारत के कुछ हिस्सों पर ही उनका शासन चलता था, किंतु उनकी महत्त्वाकांक्षा जबरदस्त थी। इसलिए अंग्रेज उद्योगपतियों की माँग के अनुसार, ब्रिटिश संसद् ने वर्ष 1813 में एक कानून बनाया, जिसमें जहाज निर्माण से संबंधित बिंदु शामिल थे। यह कानून 'चार्टर ऐक्ट 1813' के नाम से जाना जाता है। इसके तहत 350 टन से कम वजन वाले जहाजों को भारतीय उपनिवेश क्षेत्र और इंग्लैंड के बीच आवागमन करने के लिए मना ही की गई थी। इसके कारण बंगाल के कारखानों में बने 40 प्रतिशत से ज्यादा जहाज इस लाभदायक मार्ग से हटाने पड़े।

अगले ही वर्ष, अर्थात् 1814 में ब्रिटिश संसद् ने एक और कानून पारित किया, जिसके तहत भारत में बने जहाजों को 'ब्रिटन में पंजीकृत जहाज' कहलाने का हक छीना गया, अर्थात् भारत में बने जहाज इंग्लैंड में पंजीकृत नहीं हो सकते थे।

प्रारंभ से ही अंग्रेजों ने भारतीय जहाजों की संख्या कम करने के सारे प्रयास किए थे। 1757 में प्लासी का युद्ध जीतने के तुरंत बाद अंग्रेजों ने बंगाल के सारे समुद्री मार्गों पर 'ईस्ट इंडिया कंपनी' के सभी जहाजों को मुक्त व्यापार का अधिकार दिया। साथ ही सभी भारतीय जहाजों पर कर लगाए। केवल विदेशों से आनेवाले जहाज ही नहीं, अपितु भारत के एक बंदरगाह से दूसरे बंदरगाह पर व्यापारी माल लेकर जानेवाले जहाजों को भी यह कर देना होता था। इससे भारतीय व्यापारियों की वस्तुएँ महँगी होने लगीं।

इन अवरोधों के बाद भी भारत में जहाज का निर्माण जारी रहा। भारत का व्यापार इंग्लैंड के साथ ज्यादा नहीं था, किंतु अन्य देशों के साथ था। साथ ही अन्य देश भारत से जहाज खरीदते थे। वर्ष 1842 में हाँगकाँग ब्रिटेन को जिस समझौते के अनुसार मिला, वह समझौता भारत में बने जहाज, 'एच.एम.एस. (हिज मेजेस्टीज सर्विस) कॉर्नवालिस' इस विशाल जहाज पर लिखा गया था। भारत में बने हुए अनेक जहाज अंग्रेजों के लिए गर्व का विषय रहते थे। इनमें प्रमुख था, एच.एम.एस. त्रिंकोमाली। 19 अक्तूबर, 1817 के दिन जलावतरण हुए 1065 टन के इस जहाज पर 46 तोपें थीं।

हुगली (कोलकाता) में निर्माण किए गए जहाजों का टिप्पण (नोटिंग) उपलब्ध हैं। इस Register of Ships built on the Hugli from 1781-1839 (including Calcutta, Howrah, Sulkea, Cosipore,

Tittaghar, Kidderpore) में उल्लेख है कि इस (1781 से 1839) कालखंड में 376 जहाजों का निर्माण हुआ। इसमें 1781 से 1800, इन उन्नीस वर्षों में 35 जहाज हुगली (कोलकाता) में निर्मित हुए, जिनका कुल टनेज 17,020 था, अर्थात् अगर औसत निकाली जाए तो प्रत्येक जहाज 486 टन का था। 1801—इस एक वर्ष में हुगली में ही 19 जहाजों का निर्माण हुआ, जो औसतन 530 टन के थे।

अंग्रेजों के भारत में आने के समय, अर्थात् सत्रहवीं शताब्दी के प्रारंभ में बंगाल में 400 से 500 टन के 4000 से 5000 जहाज थे। ये सभी बंगाल में ही बनाए गए थे। ये जहाज बाकी देशों को भी बेचे जाते थे। पूरे विश्व में इनका संचार होता था। 'जहाजों का निर्माण करनेवाला देश', ऐसी भारत की पहचान थी और यह उन्नीसवीं शताब्दी के मध्य तक चलता रहा।

अंग्रेजों द्वारा दिए गए आधिकारिक आँकड़ों के अनुसार 1733 से 1863 के बीच अकेले मुंबई के एक कारखाने में लगभग 300 से अधिक जहाजों का निर्माण हुआ, जिनमें से अधिकतम जहाज ब्रिटेन की महारानी की शाही नौसेना में शामिल किए गए। इनमें से 'एशिया' नामक जहाज 2289 टन का था और यह जहाज 84 तोपों से सज्जित था। बंगाल में चटगाँव, हुगली (कोलकाता), सिलहट और ढाका में भी जहाज बनाने के कारखाने थे, अर्थात् विचार करें कि जब भारतीय जहाज निर्माण के पतनकाल में भी यह परिस्थिति थी, तो ग्यारहवीं शताब्दी से पहले भारत का जहाज निर्माण उद्योग कितना समृद्ध होगा, इसका सामान्य अंदाज तो लग ही जाता है।

अलबत्ता ऐसे उत्तम गुणवत्ता वाले जहाजों को देखकर इंग्लैंड में अंग्रेज ईस्ट इंडिया कंपनी पर दबाव बनाने लगे कि भारतीय जहाज न खरीदे जाएँ, वरना वहाँ के जहाज

उद्योग बरबाद हो जाएँगे। सन् 1881 में कर्नल वॉकर ने बाकायदा आँकड़े देकर सिद्ध किया कि 'भारतीय जहाजों को अधिक देख-रेख की आवश्यकता नहीं पड़ती और उनका मेंटेनेंस भी कम खर्च में हो जाता है।' (ये सभी पत्र ब्रिटिश संग्रहालय के ईस्ट इंडिया कंपनी के अभिलेखागार में उपलब्ध हैं)

परंतु इंग्लैंड के जहाज निर्माता व्यापारियों को इस बात का बहुत बुरा लगा। इंग्लैंड के डॉ. टेलर लिखते हैं कि भारतीय माल से लदा हुआ भारतीय जहाज जब इंग्लैंड के समुद्र किनारे पर पहुँचा, तब अंग्रेज व्यापारियों में ऐसी अफरा-तफरी मची, मानो शत्रु ने आक्रमण कर दिया हो। लंदन के बंदरगाह पर स्थित जहाज निर्माण करनेवाले कारीगरों ने ईस्ट इंडिया कंपनी के डायरेक्टर बोर्ड को पत्र लिखा कि '...यदि आप भारतीय जहाजों का ही उपयोग करने लगेंगे, तो हम पर भुखमरी और बेरोजगारी का खतरा मँडराने लगेगा; हमारी दशा बहुत विकट हो जाएगी।' ईस्ट इंडिया कंपनी ने उन कारीगरों तथा इंग्लैंड के व्यापारियों की बात पर अधिक ध्यान नहीं दिया, क्योंकि भारतीय जहाजों का उपयोग करने में उनका व्यापारिक फायदा था।

स्थिति और कठिन हुई, वर्ष 1857 के प्रथम स्वातंत्र्य युद्ध के बाद, जब भारत का पूरा शासन सीधे इंग्लैंड की रानी के हाथ में आ गया। तब रानी ने एक विशेष अध्यादेश निकालकर भारतीय जहाजों के निर्माण पर प्रतिबंध लगा दिया। वर्ष 1863 से यह प्रतिबंध लागू हुआ और एक अत्यंत वैभवशाली, समृद्ध एवं तकनीकी रूप से अत्यधिक उन्नत भारतीय नौकायन शास्त्र की मृत्यु हो गई।

इस संदर्भ में सर विलियम डिग्बी ने लिखा है कि 'पश्चिमी देशों की एक सामर्थ्यवान महारानी ने सागर की महारानी का खून कर दिया!' (The Mistress of the Seas of the Western World has killed the Mistress of the Seas of the East)

और इस प्रकार दुनिया को 'नेविगेशन' जैसा शब्द देने से लेकर आधुनिक नौकायन शास्त्र सिखानेवाले भारतीय नाविक शास्त्र का एवं उन्नत-समृद्ध जहाज निर्माण उद्योग का असमय अंत हो गया!

□

3

भारतीय वस्त्र उद्योग को समाप्त करने का प्रयास

हजार-दो हजार वर्ष पहले, जब भारत विश्व व्यापार में सिरमौर था, तब उस व्यापार का एक बड़ा हिस्सा था—कपड़ा उद्योग का। चाहे सूती वस्त्र हो या रेशम-मलमल का, भारतीयों का डंका सारी दुनिया में बजता था। यूरोप को सूती वस्त्र पहनाए भारत ने! उन्हें तो मात्र ऊनी वस्त्र ही मालूम थे। कपास की खेती वे जानते ही नहीं थे। पूर्व और पश्चिम, दोनों दिशाओं के देश भारतीय वस्त्रों के लिए लालायित रहते थे।

वस्त्रोद्योग भारत का प्राचीन उद्योग है। ऋग्वेद में इसका उल्लेख आता है। ऋग्वेद के दूसरे मंडल में वर्णन है कि सबसे पहले ऋषि गृत्स्मद ने कपास का बीज बोया, उससे बने पेड़ से कपास प्राप्त की और फिर उस कपास से सूत बनाया। इस सूत से कपड़ा बनाने के लिए उन्होंने लकड़ी की तकली बनाई। वैदिक भाषा में कच्चे धागे को 'तंतु' कहा गया। यह तंतु बनाते समय कपास के बचे हुए हिस्से को 'ओतु' कहा गया। कौटिल्य के अर्थशास्त्र में भी कपड़ों और बुनकरों का उल्लेख है।

कुछ हजार वर्ष पहले भारत में कपड़ा बनाने की प्रक्रिया ने एक बड़े उद्योग का स्वरूप धरण किया। कपड़ों को विभिन्न शैली में तैयार करना और उनको रंग लगाना, यह प्रक्रिया भारत में 5,000 वर्ष पहले से सामान्य रूप से होती थी।

डॉ. स्टेनले वोलपर्ट (Dr Stanley Wolpert) अमेरिका के यूनिवर्सिटी ऑफ कैलिफोर्निया में इतिहास विषय के प्राध्यापक हैं। इन्होंने लिखा है कि 'भारत सूती वस्त्रों का घर था। सूती वस्त्रों का प्रारंभ भारत से ही हुआ तथा सूत कातना और उस की बुनाई, भारतीयों ने ही विश्व को सिखाया है।' प्रो. डी.पी. सिंघल भी लिखते हैं कि 'चरखा' (Spinning Wheel) भारत की विश्व को देन है। मोहन-जोदड़ो की खुदाई में एक कपड़े का टुकड़ा और रस्सी मिली। दोनों का परीक्षण करने पर ध्यान में आता है कि उस हड़प्पा कालीन संस्कृति के समय (अर्थात् लगभग पाँच से सात हजार वर्ष पूर्व) भारत में उन्नत किस्म के कपड़े बनते थे।

इंग्लैंड के 'थ्रोप कॉलेज ऑफ टेक्नोलॉजी' के अध्यक्ष रहे प्रो. जेम्स ऑगस्टीन ब्राउन स्केरर (Prof James Augustin Brown Scherer : 1870-1944) ने एक पुस्तक लिखी है 'कॉटन एज ए वर्ल्ड पावर'। 1916 में यह पुस्तक अमेरिका में प्रकाशित हुई। कपास के वैश्विक महत्त्व को लेकर उन दिनों यह पुस्तक प्रमाण मानी जाती थी। इस पुस्तक के दो भाग हैं। पहले भाग का शीर्षक है—'फ्रॉम इंडिया टू इंग्लैंड'। इस भाग में प्रो. जेम्स स्केरर ने एक पूरा प्रकरण भारत में कपास और कपड़ों के निर्माण पर विस्तार से लिखा है। इस प्रकरण (अध्याय) का शीर्षक हैं—'हिंदू स्किल'। इस प्रकरण में इन्होंने भारत में कपास से बने कपड़ों का उद्योग कितना प्राचीन और परिपक्व है, इसके बारे में विस्तार से लिखा है। प्रो. स्केरर इस पुस्तक में लिखते हैं कि 'उस जमाने में हिंदू कारीगरों द्वारा बनाए गए कपड़े आज की हमारी उन्नत मशीनों पर बनाए गए कपड़ों से भी अच्छे थे।' Thousands of years before the invention of cotton machinery in Europe, Hindu gins were separating fiber from seed, Hindu wheels were spinning the lint in to yarn and frail Hindu looms weaving these yarns in to textiles.

(यूरोप में सूती वस्त्र बनानेवाली मशीनों का आविष्कार होने के हजारों वर्ष पहले हिंदू तकलियों से कपास की बीजों से धागा निकाला जाता था। चरखे और कताई के उपकरणों से इन धागों से तागा बनाया जाता था और हिंदू करघे उन तागों का वस्त्र बनाते थे, पृ. 19)

प्राचीन भारतीय वस्त्र व्यापारी

प्रो. स्केरर ने अनेक विदेशी प्रवासियों के अनुभवों का भी उल्लेख किया है। वे आगे लिखते हैं, "अरब के दो प्रवासियों ने कुछ सौ वर्ष पहले लिख रखा है कि हिंदू कारीगरों (जुलाहों) द्वारा बनाए गए वस्त्र इतने उत्तम प्रकार के एवं उच्च गुणवत्ता (extraordinary perfection) के होते हैं कि ऐसे कहीं भी नहीं मिलते। वे इतने नाजुक होते हैं कि एक छोटी सी अँगूठी में से भी निकल सकते हैं।" प्रो. स्केरर ने जीन बैप्टिस्ट टैवर्नियर, इस फ्रेंच प्रवासी का उद्धरण भी दिया है।

सत्रहवीं शताब्दी में जीन टैवर्नियर इस हीरे के व्यापारी ने अनेक बार पर्शिया (आज का ईरान) और भारत की यात्राएँ कीं। 1660 में उसने भारतीय वस्त्रों की गुणवत्ता के बारे में लिख रखा है कि 'कुछ वस्त्र इतने तलम और मुलायम थे कि हाथों को उनके अस्तित्व का अनुभव ही नहीं होता। कुछ वस्त्र तो इतने पारदर्शक थे कि पहनने पर भी कपड़े पहने हैं, ऐसा लगता ही नहीं था।'

टैवर्नियर ने भारतीय वस्त्रों के बारे में एक अनुभव साझा किया है—"एक पर्शियन राजदूत जब अपने देश वापस गया, तब उसने अपने सुलतान को एक नारियल भेंट दिया। दरबारियों को अचरज लगा कि अपने सुलतान को इस राजदूत ने मात्र एक नारियल दिया? किंतु उनके आश्चर्य की कोई सीमा नहीं रही, जब उन्होंने देखा कि उस नारियल में 230 यार्ड (अर्थात् 210 मीटर) का मलमल का तलम और अत्यंत मुलायम कपड़ा बड़े ही सँजोकर रखा हैं!"

ईस्ट इंडिया कंपनी के एक अधिकारी विल्किंस जब वापस इंग्लैंड गए तो उन्होंने सर जोसेफ बेक को भारत से लाया मलमल का कपड़ा भेंट दिया। सर जोसेफ बेक ने इस कपड़े के बारे में आश्चर्य व्यक्त करते हुए लिखा है, "मेरे मित्र विल्किंस ने मुझे दिया हुआ भारतीय कपड़ा अत्यंत तलम, मुलायम और आकर्षक है। इस 5 यार्ड 7 इंच (अर्थात् 15 फीट 7 इंच) लंबे कपड़े का वजन है मात्र 34.3 ग्रेन (15.5 ग्रेन का 1 ग्राम होता है, अर्थात् उस कपड़े का वजन था मात्र 2 ग्राम)!

इस मलमल की गुणवत्ता की एक और बानगी—

सर जोसेफ बेक ने जिस मलमल के कपड़े के बारे में लिख कर रखा है, उसका थ्रेड काउंट था 2425। (थ्रेड काउंट का अर्थ होता हैं, 1 वर्ग इंच/सेंटीमीटर में कितने थ्रेड, यानी धागे होते हैं। ज्यादा थ्रेड, अर्थात् वे धागे ज्यादा महीन, ज्यादा मुलायम और ज्यादा शान-शौकत वाले होते हैं) आज के अत्याधुनिक मशीनों पर बने कपड़ों के थ्रेड काउंट 600 के ऊपर नहीं होते, अर्थात् आज की अत्याधुनिक मशीनरी भी, उन दिनों के भारतीयों के हाथों से बुने वस्त्रों की गुणवत्ता नहीं ले सकती!

उन्नीसवीं सदी के एक अंग्रेज विद्वान् सर जॉर्ज बर्डवुड (1832–1917) ने भारत पर अनेक पुस्तकें लिखी हैं। इनका अधिकतम समय भारत में बीता। 8 दिसंबर, 1832 में उस समय के 'बॉम्बे प्रेसीडेंसी' के बेलगाँव (वर्तमान में कर्नाटक का 'बेलगावी' शहर) में इनका जन्म हुआ था। वे डॉक्टर बने, पर्शियन युद्ध में हिस्सा लिया, ग्रांट मेडिकल कॉलेज में प्रोफेसर रहे और बाद में बॉम्बे के शेरिफ भी बने। 1868 में वे इंग्लैंड गए। वहाँ भारत संबंधी कार्यालय में वरिष्ठ अधिकारी के रूप में काम किया। इन्होंने लिखी हुई कुछ प्रसिद्ध पुस्तकों में से एक है, 'द इंडस्ट्रियल आर्ट्स ऑफ इंडिया'। यह पुस्तक इन्होंने 'सेक्रेटरी ऑफ स्टेट-इंडिया अफेयर्स' के अनुरोध पर लिखी। इस पुस्तक में पृष्ठ 73 पर वे लिखते हैं—"बताया जाता है कि जहाँगीर के काल में पंद्रह गज लंबी और एक गज चौड़ी ढाका की मलमल का वजन मात्र 10 ग्रेन (1 ग्राम से भी कम) होता था।"

Social Sciences

Considerations on India affairs; particularly respecting the present state of Bengal and its dependencies. With a map of those countries, chiefly from actual surveys. By William Bolts, ... Volume 3 of 3

William Bolts

इसी पुस्तक के पृष्ठ 95 पर इन्होंने लिखा है, "अंग्रेज और अन्य यूरोपियन लेखकों ने तो यहाँ के मलमल, सूती और रेशमी वस्त्रों को 'बुलबुल की आँख', 'मयूर कंठ', 'चाँद-सितारे', 'पवन के तारे', 'बहता पानी', 'संध्या की ओस' जैसी अनेक काव्यमय उपमाएँ दे डाली हैं।'

सर एडवर्ड बैंस (Sir Edward Baines : 1800–1890) इंग्लैंड के एक समाचार-पत्र के संपादक थे और ब्रिटिश पार्लियामेंट के

सदस्य भी रहे। वर्ष 1835 में उन्होंने एक पुस्तक लिखी—'हिस्टरी ऑफ कॉटन मैनुफैक्चरर'। इसमें सर बैंस लिखते हैं—"अपने वस्त्र उद्योग में भारतीयों ने प्रत्येक युग के अतुलनीय, सर्वोत्तम और सर्वश्रेष्ठ मानदंडों को बनाए रखा। उनके कुछ मलमल के वस्त्र तो मानो मानवों के नहीं, अपितु परियों और तितलियों द्वारा तैयार किए हुए लगते हैं।"

यही कारण था कि इसलामी आक्रांताओं की ज्यादतियों के बाद भी अंग्रेजों का शासन आने से पहले तक भारतीय वस्त्र उद्योग का प्रदर्शन अच्छा था। वर्ष 1811-12 में (अर्थात् अंग्रेजों के हाथ में पूरे भारत कि सत्ता आने के थोड़े पहले), भारत से होनेवाले निर्यात में सूती वस्त्रों का हिस्सा 33 प्रतिशत था। दुर्भाग्य से अंग्रेजों की नीतियों के कारण वर्ष 1850-51 तक वह मात्र 3 प्रतिशत रह गया था।

अंग्रेजों ने तय करके भारतीय वस्त्र उद्योग को नष्ट किया। वे इस उद्योग की महत्ता और इसके कारण भारत के वैश्विक महत्त्व को समझते थे। इसलिए भारत में उनके आगमन के मात्र 3 वर्षों पश्चात्, 1611 में उन्होंने अपनी पहली मिल (वस्त्रों का कारखाना) भारत के दक्षिणी छोर तामिलनाडु के मछलीपट्टनम में लगाया। उन दिनों मछलीपट्टनम कलमकारी कपड़ों के लिए प्रसिद्ध था। यहाँ के वस्त्रों को विदेशों में भी अच्छी माँग थी।

अंग्रेजों के आने से पहले, भारतीय वस्त्रों का निर्माण मदुरै, पाटन, सूरत, महेश्वर (मालवा), वाराणसी आदि स्थानों पर होता था, किंतु बंगाल भारतीय वस्त्रों के निर्माण का प्रमुख केंद्र था। दुनिया में सबसे ज्यादा माँग यहाँ के कपड़ों की होती थी। 'ढाके की मलमल' तो दुनिया भर में राजे, रजवाड़ों और अमीरों की पहली पसंद रहती थी। यूरोप में इसका निर्यात बड़े पैमाने पर होता था, किंतु यह जापान से अमेरिका तक जाती थी। बंगाल में अंग्रेजों की हुकूमत आने से पहले तक (प्लासी के युद्ध के पहले तक) बंगाल का कपड़ा पश्चिम में तुर्कस्तान, ईरान, इजिप्त, इटली आदि देशों में जाता था। पूर्व में जावा, चीन और जापान—इन देशों में भी बंगाल के मलमल की और अन्य प्रकार के सूती वस्त्रों की अच्छी-खासी माँग थी।

शशि थरूर ने अपनी पुस्तक 'एन इरा ऑफ डार्कनेस' में लिखा है कि '1750 के दशक में कपड़ों का यह निर्यात प्रतिवर्ष एक करोड़ साठ लाख से भी ज्यादा था। (कल्पना करें, यह एक करोड़ साठ लाख रुपए, आज से पौने तीन सौ वर्ष पहले के हैं। आज के हिसाब से इसकी कीमत हम आँक सकते हैं।) इसके अतिरिक्त बंगाल से रेशम का होनेवाला निर्यात यह प्रतिवर्ष 65 लाख रुपयों का होता था। लगभग 2 करोड़ 25 लाख रुपयों के इस पूरे निर्यात में से भारत में अपनी कंपनियाँ खोलकर बैठे विदेशी व्यापारी (अंग्रेज, पुर्तगाली, डच, फ्रेंच आदि) लगभग 60 लाख रुपयों की निर्यात यूरोप को करते थे। इसके कारण सोलहवीं शताब्दी के मध्य से तो अठारहवीं शताब्दी के मध्य तक बंगाल के सूती और रेशम के वस्त्र उद्योग में 33 प्रतिशत से ज्यादा की बढ़ोतरी हुई, किंतु 1757 में अंग्रेजों द्वारा प्लासी की लड़ाई जीतने के साथ ही दृश्य बदला।

भारतीय वस्त्र उद्योग को समाप्त करने की शुरुआत अंग्रेजों ने बंगाल से की। वे वहाँ केवल व्यापारी नहीं, बल्कि क्रूरतम शासक बन गए। 1757 के पहले तक अंग्रेज 'ब्रिटिश पाउंड' में भारतीय माल खरीदते थे, अर्थात् हमें विदेशी मुद्रा मिलती थी, जिसके अलग फायदे थे। किंतु प्लासी की लड़ाई जीतने के बाद बंगाल की सत्ता पर काबिज होते ही अंग्रेजों ने ब्रिटिश पाउंड में भारतीय

माल खरीदना बंद किया, अब वे बंगाल से मिलनेवाले राजस्व से भारतीय माल खरीदकर उसे यूरोप में बेचने लगे। इसलिए भारतीय उत्पादकों को कम कीमत मिलने लगी।

Ancient textiles from India with folkloric themes.

किंतु इसके बाद भी वैश्विक बाजार में भारतीय कपड़े स्पर्धा में थे। उनका लागत मूल्य ही कम था। इसलिए बाजार की कीमत भी कम थी। इंग्लैंड में वस्त्र उद्योग प्रारंभिक अवस्था में था, इसलिए वह भारतीय वस्त्र उद्योग से स्पर्धा करने की परिस्थिति में नहीं था। 'कम कीमतें और अच्छी गुणवत्ता' भारतीय कपड़ों की विशेषता थी, जो इंग्लैंड के उत्पादकों के लिए संभव नहीं थी।

लेकिन अंग्रेज व्यापारी, ब्रिटिश सरकार यह सब अपने माल के लिए बाजार चाहते थे। उन्हें भारतीय वस्त्र उद्योग से प्रेम या सहानुभूति रखने का कोई कारण नहीं था। इसलिए अंग्रेजों ने कपड़ा उद्योग में सिरमौर बनने के लिए सभी प्रकार की कुटिल चाले चलीं। गुणवत्ता में सुधार लाकर भारतीय

वस्त्रों की गुणवत्ता से आगे निकल जाना संभव नहीं, यह अंग्रेज अच्छे से जानते थे। इसलिए उन्होंने तमाम गलत और अनैतिक हथकंडे अपनाए। ईस्ट इंडिया कंपनी के सिपाहियों ने बंगाल के बुनकरों के करघे (looms) तोड़ दिए। अठारहवीं शताब्दी के अंग्रेज व्यापारी विलियम बोल्ट्स ने एक पुस्तक लिखी—'कन्सिड्रेशन ऑन इंडियन अफेयर्स'। वर्ष 1772 में प्रकाशित इस पुस्तक में बोल्ट्स ने ईस्ट इंडिया कंपनी के तमाम गलत और अनैतिक कार्यों का कच्चा चिठ्ठा खोलकर रख दिया। इस पुस्तक के पृष्ठ क्रमांक 194 पर बोल्ट्स ने लिखा है कि "अंग्रेजों ने देश भर के और विशेषत: बंगाल के कुशल कारीगरों के अँगूठे काट दिए, ताकि वे हथकरघा चलाने के काबिल ही न रहें। अंग्रेजों की दुष्टता और क्रूरता की यह पराकाष्ठा थी!"

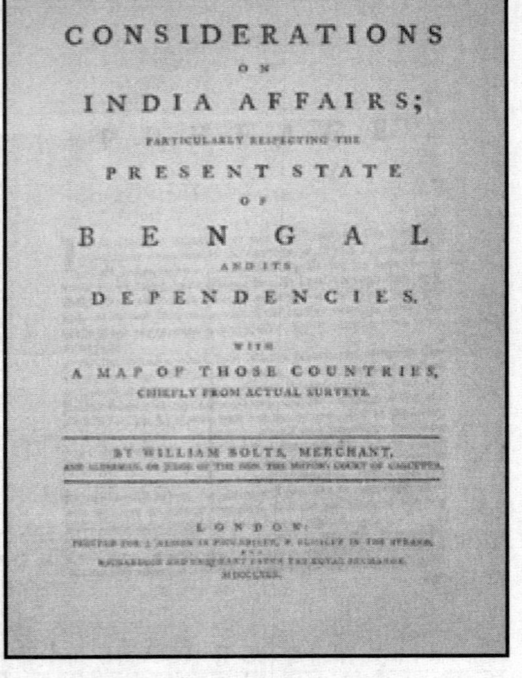
CONSIDERATIONS
ON
INDIA AFFAIRS;
PARTICULARLY RESPECTING THE
PRESENT STATE
OF
BENGAL
AND ITS
DEPENDENCIES.
WITH
A MAP OF THOSE COUNTRIES,
CHIEFLY FROM ACTUAL SURVEYS.
BY WILLIAM BOLTS, MERCHANT,
LONDON:

इसी बीच अंग्रेजों ने वस्त्र बनाने के लिए भारतीय तकनीक के आधार पर वर्ष 1765 के लगभग कुछ यंत्र बनाए। इन यंत्रों में कम समय में ज्यादा वस्त्र बनते थे। बाद में भारत में हुकूमत में आने के बाद, जब कुछ भारतीय व्यापारियों ने उन यंत्रों को भारत में लाने का प्रयास किया तो अंग्रेजों ने उस यंत्र पर 80 प्रतिशत से ज्यादा आयात शुल्क (कर) लगाया, किंतु उसी समय इंग्लैंड में बने वस्त्र भारत में आयात करने पर शुल्क था मात्र 5 प्रतिशत। 1818 के बाद भारत के अधिकतम भू-भाग पर अंग्रेजी सत्ता कायम हो

गई थी, इसलिए इंग्लैंड से आनेवाले माल पर कर या आयात शुल्क लगाने का अधिकार भारतीयों के पास नहीं था।

इंग्लैंड में चल रहा औद्योगीकरण, वहाँ भाप द्वारा चलने वाले कपड़ों के कारखाने, भारतीय वस्त्रों पर इंग्लैंड में लगा भारी-भरकम आयात कर, अंग्रेजी वस्त्र भारत में लगभग करमुक्त, भारतीय हथकरघा उद्योग पर अंग्रेजों द्वारा किए गए क्रूरतापूर्ण हमले, इन सबका परिणाम यह रहा कि अठारहवीं शताब्दी के प्रारंभ में वैश्विक कपड़ा उद्योग में जिस भारत का हिस्सा 25 प्रतिशत से ज्यादा था, वहाँ का कपड़ा उद्योग उन्नीसवीं शताब्दी के प्रारंभ होते समय रास्ते पर आ गया था। भारतीय बाजार सस्ते अंग्रेजी कपड़ों से पट जाने लगा। कपास की पैदावार तो अभी भी बंपर हो रही थी, किंतु सारा कपास इंग्लैंड जा रहा था।

किसी जमाने में भारत के मलमल का डंका दुनिया में बजता था। ढाका के मलमल के बारे में चीनी यात्री ह्वेन त्सांग (Yuan Chwang) ने 629-645 में, सम्राट हर्षवर्धन के राज्य में लिखकर रखा है कि 'यह वस्त्र तो इतना महीन है, जैसे प्रात: की धुंध!' पहली शताब्दी के रोमन लेखक पेट्रोनीयस ने सटेरिकॉन (Satyricon) में भारत के मलमल से बने वस्त्रों की खूबियों के बारे में लिखा है।

जिस 'ढाके की मलमल' को पहनने के लिए यूरोप के अमीर, उमराव और दक्षिण एशिया के राजे-रजवाड़े लालायित रहते थे, ऐसे 'ढाका' के हालात बहुत दयनीय बन गए थे। अनेक कुशल बुनकर भिखारी बन गए थे। जिस ढाका की जनसंख्या 1760 में, जब यह 'जहाँगीर नगर' कहलाता था, कुछ लाख थी, उसी ढाका में 1820 के दशक में मात्र 50 हजार लोग बचे थे, (अर्थात् बाद में अन्य कारणों से ढाका फिर गुलजार हुआ।)

इधर इंग्लैंड से भारत को वस्त्रों का निर्यात बढ़ रहा था। वर्ष 1830 में वह 6 करोड़ यार्ड था, तो 1857 के क्रांतियुद्ध के तुरंत बाद, अर्थात् 1858 के आँकड़े बताते हैं कि भारत ने इंग्लैंड से 100 करोड़ यार्ड से ज्यादा के वस्त्र आयात किए।

बीसवीं सदी के प्रारंभ में भारत के उद्योगपतियों ने भी कपड़ों के आधुनिक कारखाने खड़े किए, किंतु फिर भी पहले विश्वयुद्ध से पहले, वर्ष 1913 के

आँकड़े बताते हैं कि भारतीय कारखाने, भारत में खपनेवाले कपड़े का मात्र 20 प्रतिशत ही उत्पादन कर रहे थे। कहाँ विदेशों में सभी दिशाओं के देशों को सूती, रेशमी कपड़ों का निर्यात करके विश्व के कपड़ा बाजार का एक तिहाई या एक चौथाई हिस्सा काबिज करनेवाला भारत! निर्यात तो दूर की बात, अपने ही देश की आवश्यकताओं को पूरा करने में सक्षम नहीं रहा!

वैदिककाल से चल रहे सारी दुनिया को सूती वस्त्र पहनानेवाले उच्च गुणवत्ता का रेशम/मलमल बनानेवाले इस भारतीय वस्त्र उद्योग को अंग्रेजों ने नष्ट होने के निकट पहुँचा दिया था!

□

4

भारतीय स्वास्थ्य सेवाएँ : अंग्रेजी शासन के पहले और बाद में

भारत में स्वास्थ्य सेवाओं का इतिहास हजारों वर्ष पुराना है। विश्व का प्रथम विश्वविद्यालय तक्षशिला भारत में था। ईसा के लगभग एक हजार वर्ष पहले यह प्रारंभ हुआ और ईसा के बाद पाँचवीं शताब्दी में हूणों के आक्रमण के कारण बंद हुआ। इस विश्वविद्यालय में 'चिकित्सा विज्ञान' का व्यवस्थित पाठ्यक्रम था। आज से लगभग 2700 वर्ष पहले दुनिया को शरीर शास्त्र, चिकित्साशास्त्र और औषधि विज्ञान के बारे में हम सुव्यवस्थित ज्ञान दे रहे थे। अर्थात् भारत में स्वास्थ्य सेवाएँ मजबूत थीं और नीचे तक पहुँची थीं, इसके अनेक प्रमाण मिलते हैं।

कौटिल्य के 'अर्थशास्त्र' में पालतू पशु और उनकी देख-रेख के संदर्भ में जानकारी दी गई है। सम्राट् अशोक के कार्यकाल में, अर्थात् ईसा से 273 वर्ष पहले, विशाल फैले हुए भारतवर्ष में अस्पतालों का जाल था। जी हाँ, अस्पताल थे और मनुष्यों के साथ जानवरों के थे, इसके प्रमाण मिले हैं। वर्तमान में भारतीय पशु चिकित्सा परिषद् (Veterinary Council of India) का जो लोगो या बैज (सम्मान चिह्न) है, उसमें सम्राट् अशोक के काल के बैल और पत्थर के शिलालेख को अपनाया है।

संयोग यह था कि जब तक्षशिला विश्वविद्यालय बंद हुआ, उसी के आसपास विश्वप्रसिद्ध नालंदा विश्वविद्यालय प्रारंभ हुआ। इसमें भी 'चिकित्सा विज्ञान' का

पाठ्यक्रम था और अनेक विद्यार्थी इस पाठ्यक्रम को पढ़कर, पारंगत होकर अपने अपने गाँव जाकर चिकित्सा करते थे। इसके अलावा पूरे भारतवर्ष में गुरुकुल व्यवस्था थी, जिसके अंतर्गत भी चिकित्सा विज्ञान अर्थात् आयुर्वेद पढ़ाया जाता था।

चरक संहिता, चिकित्सा शास्त्र पर आधारभूत समझा जानेवाला प्राचीन ग्रंथ है। इसकी रचना की निश्चित तिथि की जानकारी नहीं है, पर यह साधारण ईसा से पहले सौ वर्ष और ईसा के बाद दो सौ वर्ष के कालखंड में लिखा गया होगा, ऐसा अनुमान है। अर्थात् मोटे तौर पर दो हजार वर्ष पुराना ग्रंथ है।

देश के कोने-कोने में चिकित्सा करनेवाले वैद्यों के लिए यह ग्रंथ बाकी अन्य ग्रंथों के साथ प्रमाण ग्रंथ था। यह ग्रंथ 'विद्यार्थी कैसा हो, चिकित्सा विज्ञान का उद्देश्य क्या है, कौन से ग्रंथों का 'संदर्भ ग्रंथ' के नाते उपयोग करना चाहिए' ऐसी अनेक बातें बताता है। आज के चिकित्सा शास्त्र के लगभग सारे विषय इस ग्रंथ में सम्मिलित हैं। आज का चिकित्सा शास्त्र जिन विधाओं की बात करता है, उसमें से अधिकतम विधाओं की विस्तृत जानकारी इस पुस्तक में है, जैसे—Pathology, Pharmaceutical, Toxicology, Anatomy आदि।

इसलामी आक्रांता आने तक तो देश में चिकित्सा व्यवस्था अच्छी थी। औषधि शास्त्र में भी नए-नए प्रयोग होते थे। आयुर्वेद के पुराने ग्रंथों पर भाष्य लिखे

जाते थे और नए सुधारों को उनमें जोड़ा जाता था। किंतु इसलामी आक्रांताओं ने इस व्यवस्था को ही छिन्न-भिन्न कर दिया। नालंदा के साथ सभी विश्वविद्यालय और बड़ी-बड़ी पाठशालाएँ नष्ट कर दी गईं। उसमें उपलब्ध सारा ग्रंथ-संग्रह जला दिया गया। किंतु फिर भी अपने यहाँ जो वाचिक परंपरा है, उसके माध्यम से चिकित्सा विज्ञान का यह ज्ञान पीढ़ी-दर-पीढ़ी चलता रहा। इन आक्रांताओं के पास कोई वैकल्पिक चिकित्सा व्यवस्था नहीं थी, इसलिए उन्होंने भी इस क्षेत्र में कुछ नया थोपने का प्रयास नहीं किया।

किंतु अंग्रेजों के साथ ऐसा नहीं था। सत्रहवीं शताब्दी से उन्होंने अपनी एक चिकित्सा व्यवस्था निर्माण करने का प्रयास किया था, जिसे एलोपैथी कहा जाता है। इस एलोपैथी के अलावा अन्य सभी चिकित्सा प्रणालियाँ दकियानूसी हैं, ऐसा अंग्रेजों का दृढ़ विश्वास था। इसलिए उन्होंने भारत में हजारों वर्ष पुराने आयुर्वेद को 'अनपढ़ और गँवारों की चिकित्सा पद्धति' बोलकर भारतीय समाज पर एलोपैथी थोपी।

भारत में पश्चिमी चिकित्सा विज्ञान पर आधारित पहला अस्पताल पुर्तगाल के लोगों ने बनाया, अंग्रेजों ने नहीं। सन् 1512 में गोवा में एशिया का एलोपैथी पर आधारित पहला अस्पताल प्रारंभ हुआ। इसका नाम था, 'Hospital Real do Spiricto Santo.'

1757 की प्लासी की लड़ाई जीतने के बाद एक बड़े भू-भाग पर अंग्रेजों का कब्जा हो गया। अपने प्रशासन के प्रारंभ से ही उन्होंने चिकित्सा विज्ञान की भारतीय पद्धति को हटाकर पाश्चात्य एलोपैथी प्रारंभ की। प्रारंभ में भारतीय नागरिकों ने इस पाश्चात्य व्यवस्था का पुरजोर विरोध किया, किंतु 1818 में मराठों को परास्त कर देश का प्रशासन सँभालते समय और बाद में 1857 के स्वातंत्र्य युद्ध की समाप्ति के बाद, पाश्चात्य चिकित्सा व्यवस्था को जबरदस्ती लागू किया गया।

अंग्रेजों का पहला जहाज भारत के सूरत शहर में पहुँचा 24 अगस्त, 1608 को। इसी जहाज से पहले ब्रिटिश डॉक्टर ने भारत की धरती पर पाँव रखा। यह डॉक्टर जहाज के डॉक्टर के रूप में आधिकारिक रूप से भारत की धरती पर

आया था। अगले डेढ़ सौ वर्षों तक जहाँ-जहाँ अंग्रेजों की बसाहट थी, वहाँ-वहाँ, अर्थात् सूरत, बाँबे (मुंबई), मद्रास, कलकत्ता आदि स्थानों पर अंग्रेजी डॉक्टर्स/नर्स और छोटे-मोटे अस्पतालों की रचना होती रही।

यह चित्र बदला सन् 1757 में प्लासी के युद्ध के बाद, जब बंगाल के एक बहुत बड़े प्रदेश की सत्ता अंग्रेजों के पास आई। अब उन्हें मात्र अंग्रेज लोगों की ही चिंता नहीं करनी थी, वरन् उनकी भाषा में 'नेटिव' लोग भी उसमें शामिल थे। संक्षेप में संपूर्ण 'प्रजा' की, नागरिकों के स्वास्थ्य की उन्हें चिंता करनी थी। बंगाल में पहले चिकित्सा विभाग का गठन हुआ सन् 1764 में। इसमें प्रारंभ से 4 प्रमुख शल्य चिकित्सक (सर्जन), 8 सहायक शल्य चिकित्सक और 28 सहायक थे, किंतु दुर्भाग्य से बंगाल में 1769 से 1771 के बीच जो भयानक सूखा पड़ा, उस समय अंग्रेजों की कोई चिकित्सा व्यवस्था मैदान में नहीं दिखी। इस अकाल में एक करोड़ से ज्यादा लोग भूख से और अपर्याप्त चिकित्सा की वजह से मारे गए। 1775 में बंगाल के लिए 'हॉस्पिटल बोर्ड' का गठन हुआ, जो नए अस्पतालों की मान्यता देखता था।

अगले 10 वर्षों में, अर्थात् 1785 तक अंग्रेजों की ये स्वास्थ्य सेवाएँ बंगाल के साथ मुंबई और मद्रास में भी प्रारंभ हो गईं। इस समय तक कुल 234 सर्जंस अंग्रेजों के इलाकों में काम कर रहे थे। 1796 में, हॉस्पिटल बोर्ड का नाम बदलकर 'मेडिकल बोर्ड' किया गया।

सन् 1818 में मराठों को निर्णायक रूप से परास्त कर अंग्रेजों ने सही अर्थों में भारत में अपनी सत्ता कायम की, अब पूरे भारत में उनको अपनी चिकित्सा व्यवस्था फैलानी थी। उतने कुशल डॉक्टर्स और नर्सेस उनके पास नहीं थे। दूसरा भी एक भाग था। भारतीय जनमानस, अंग्रेजी डॉक्टर्स पर भरोसा करने को तैयार नहीं था। उसे सदियों से चली आ रही सहज, सरल और सुलभ वैद्यकीय चिकित्सा प्रणाली पर ज्यादा विश्वास था। इसलिए अंग्रेजों ने पहला लक्ष्य रखा, भारतीय चिकित्सा पद्धति को ध्वस्त करना। इसकी वैधता के बारे में अनेक प्रश्न खड़े करना और इस पूरी व्यवस्था को दकियानूसी करार देना।

सन् 1857 तक इतने बड़े भारत पर 'ईस्ट इंडिया कंपनी' ही राज कर रही थी। 1857 की भारतीय सैनिकों की सशस्त्र क्रांति के बाद सन् 1858 से भारत के प्रशासन की बागडोर सीधे ब्रिटेन की रानी के हाथ में आ गई, अब भारत पर ब्रिटेन के हाउस ऑफ कॉमन्स और हाउस ऑफ लॉर्ड्स के नियम चलने लगे।

भारतीय चिकित्सा प्रणाली, एक अत्यंत विकसित पद्धति थी। पश्चिम के इन डॉक्टर्स को जिसका अंदाज भी नहीं था, ऐसी 'प्लास्टिक सर्जरी' जैसी कठिन समझी जानेवाली शल्यक्रिया भारतीय सैकड़ों वर्षों से करते आ रहे थे। अंग्रेजों ने भारत में यह चिकित्सा देखी, तो उसे वे इंग्लैंड ले गए। वहाँ से यह चिकित्सा पद्धति सारे यूरोप में और बाद में अमेरिका में भी फैली। अंग्रेजों को इस प्लास्टिक सर्जरी की जानकारी मिलने का किस्सा बड़ा मजेदार है—

सन् 1757 में अंग्रेजों ने प्लासी की लड़ाई जीतकर, बंगाल और ओड़िशा के बड़े भूभाग पर सत्ता कायम की थी किंतु, भारत जैसे विशाल देश में यह बहुत छोटा सा हिस्सा था। 1818 में अंग्रेजों का कब्जा लगभग पूरे देश पर हो गया। इन बीच के 61 वर्ष यह अंग्रेजों की कुटिल राजनीति के और उनके द्वारा लड़े हुए युद्धों के हैं। इन दिनों अंग्रेज दक्षिण में हैदर-टीपू सुल्तान से, मराठों से और

उत्तर में मराठों के सरदार शिंदे तथा होलकर से लड़ रहे थे।

भारत में हैदर-टीपू के साथ हुई लड़ाइयों में अंग्रेजों को दो नए आविष्कारों की जानकारी हुई। (अंग्रेजों ने ही यह लिख रखा है)

1. युद्ध में उपयोग किया हुआ रॉकेट और
2. प्लास्टिक सर्जरी।

अंग्रेजों को प्लास्टिक सर्जरी की जानकारी मिलने का इतिहास बड़ा रोचक है। सन् 1769 से 1799 तक, तीस वर्षों में हैदर अली-टीपू सुलतान यानी बाप-बेटे और अंग्रेजों में चार बड़े युद्ध हुए। इनमें से एक युद्ध में अंग्रेजों की ओर से लड़नेवाला 'कावसजी' नाम का मराठा सैनिक और चार तेलुगू भाषी लोगों को टीपू सुलतान की फौज ने पकड़ लिया। बाद में इन पाँचों लोगों की नाक काटकर टीपू के सैनिकों ने अंग्रेजों के पास भेज दिया।

इस घटना के कुछ दिनों के बाद एक अंग्रेज कमांडर को एक भारतीय व्यापारी के नाक पर कुछ निशान दिखे। कमांडर ने उनसे पूछा तो पता चला कि उस व्यापारी ने कुछ 'चरित्र के मामले में गलती' की थी, इसलिए उसको नाक काटने की सजा मिली थी, लेकिन नाक कटने के बाद उस व्यापारी ने एक वैद्यजी के पास जाकर अपना नाक पहले जैसा करवा ली थी। अंग्रेज कमांडर को यह सुनकर आश्चर्य लगा। कमांडर ने उस कुम्हार जाति के वैद्य को बुलाया और कावसजी और उसके साथ के चार लोगों का नाक पहले जैसा करने के लिए कहा।

कमांडर की आज्ञा से पुणे के पास के एक गाँव में यह ऑपरेशन हुआ। इस ऑपरेशन के समय दो अंग्रेज डॉक्टर्स भी उपस्थित थे। उनके नाम थे—थॉमस क्रूसो और जेम्स फिंडले। इन दोनों डॉक्टरों ने उस अज्ञात मराठी वैद्य द्वारा किए हुए इस ऑपरेशन का विस्तृत समाचार 'मद्रास गजेट' में प्रकाशन के लिए भेजा। वह छपकर भी आया। विषय की नवीनता एवं रोचकता देखते हुए यह समाचार इंग्लैंड पहुँचा। लंदन से प्रकाशित होनेवाली 'जेंटलमैन' नामक पत्रिका ने इस समाचार को अगस्त 1794 के अंक में पुनः प्रकाशित किया। इस समाचार के साथ ऑपरेशन के कुछ छायाचित्र भी दिए गए थे।

जेंटलमैन में प्रकाशित 'स्टोरी' से प्रेरणा लेकर इंग्लैंड के जे.सी. कॉर्प नाम

के सर्जन ने इसी पद्धति से दो ऑपरेशन किए। दोनों सफल रहे। फिर अंग्रेजों को और पश्चिम की 'विकसित' संस्कृति को प्लास्टिक सर्जरी की जानकारी मिली। पहले विश्वयुद्ध में इसी पद्धति से ऐसे ऑपरेशंस बड़े पैमाने पर हुए और वे सफल भी रहे।

असल में प्लास्टिक सर्जरी से पश्चिमी जगत् का परिचय इससे भी पुराना है। वह भी भारत की प्रेरणा से। 'एडविन स्मिथ पापिरस' ने पश्चिमी लोगों के बीच प्लास्टिक सर्जरी के बारे में सबसे पहले लिखा, ऐसा माना जाता है, लेकिन रोमन ग्रंथों में इस प्रकार के ऑपरेशन का जिक्र एक हजार वर्ष पूर्व से मिलता है। अर्थात् भारत में यह ऑपरेशंस इससे बहुत पहले हुए थे। आज से पौने तीन हजार वर्ष पहले, 'सुश्रुत' नाम के शस्त्र-वैद्य (आयुर्वेदिक सर्जन) ने इसकी पूरी जानकारी दी है। नाक के इस ऑपरेशन की पूरी विधि सुश्रुत के ग्रंथ में मिलती है।

किसी विशिष्ट वृक्ष का एक पत्ता लेकर उसे मरीज के नाक पर रखा जाता है। उस पत्ते को नाक के आकार का काटा जाता है। उसी नाप से गाल, माथा या फिर हाथ/पैर, जहाँ से भी सहजता से मिले, वहाँ से चमड़ी निकाली जाती है। उस चमड़ी पर विशेष प्रकार की दवाइयों का लेपन किया जाता है, फिर उस चमड़ी को जहाँ लगाना है, वहाँ बाँधा जाता है। जहाँ से निकाली हुई है, वहाँ की चमड़ी और जहाँ लगाना है, वहाँ पर विशिष्ट दवाइयों का लेपन किया जाता है। साधारणत: तीन हफ्ते बाद दोनों जगहों पर नई चमड़ी आती है और इस प्रकार से चमड़ी का प्रत्यारोपण सफल हो जाता है। इसी प्रकार से उस अज्ञात वैद्य ने कावसजी पर नाक के प्रत्यारोपण का सफल ऑपरेशन किया था।

नाक, कान और होंठों को व्यवस्थित करने का तंत्र भारत में बहुत पहले से चलता आ रहा है। बीसवीं शताब्दी के मध्य तक छेदे हुए कान में भारी गहने पहनने का रिवाज था। उसके वजन के कारण छेदी हुई जगह फटती थी। उसको ठीक करने के लिए गाल की चमड़ी निकालकर वहाँ लगाई जाती थी। उन्नीसवीं शताब्दी के अंत तक इस प्रकार के ऑपरेशंस भारत में होते थे। हिमाचल प्रदेश का 'काँगड़ा' जिला तो इस प्रकार के ऑपरेशंस के लिए मशहूर था। काँगड़ा शब्द ही 'कान + गढ़ा' उच्चारण से तैयार हुआ है। डॉ. एस.सी. अलमस्त ने इस

'काँगड़ा मॉडल' पर बहुत कुछ लिखा है। वे काँगड़ा के 'दीनानाथ कानगढ़िया' नाम के नाक, कान के ऑपरेशंस करनेवाले वैद्य से स्वयं जाकर मिले। इन वैद्य के अनुभव डॉ. अलमस्तजी ने लिखकर रखे हैं। सन् 1404 तक की पीढ़ी की जानकारी रखनेवाले ये 'कान-गढ़िया', नाक और कान की प्लास्टिक सर्जरी करनेवाले कुशल वैद्य माने जाते हैं। ब्रिटिश शोधकर्ता सर अलेक्जेंडर कनिंघम (1814-1893) ने काँगड़ा की इस प्लास्टिक सर्जरी को बड़े विस्तार से लिखा है। अकबर के कार्यकाल में 'बिधा' नाम का वैद्य काँगड़ा में इस प्रकार के ऑपरेशंस करता था, ऐसा फारसी इतिहासकारों ने लिख रखा है।

'सुश्रुत' की मृत्यु के लगभग ग्यारह सौ (1100) वर्षों के बाद 'सुश्रुत संहिता' और 'चरक संहिता' का अरबी भाषा में अनुवाद हुआ। यह कालखंड आठवीं शताब्दी का है। 'किताब-ई-सुसरुद' नाम से सुश्रुत संहिता मध्यपूर्व में पढ़ी जाती थी। आगे जाकर जिस प्रकार से भारत के गणित और खगोलशास्त्र जैसी विज्ञान की अन्य शाखाएँ अरबी (फारसी) के माध्यम से यूरोप पहुँचीं, उसी प्रकार 'किताब-ई-सुसरुद' के माध्यम से सुश्रुत संहिता यूरोप पहुँच गई। चौदहवीं-पंद्रहवीं शताब्दी में इस ऑपरेशन की जानकारी अरब-पर्शिया (ईरान)-इजिप्त होते हुए इटली पहुँची। इसी जानकारी के आधार पर इटली के सिसिली आइलैंड के 'ब्रांका परिवार' और 'गास्परे टाग्लीया-कोसी' ने कर्णबंध तथा नाक के ऑपरेशंस करना प्रारंभ किया। किंतु चर्च के भारी विरोध के कारण उन्हें ऑपरेशंस बंद करने पड़े और इसी कारण उन्नीसवीं शताब्दी तक यूरोपियंस को प्लास्टिक सर्जरी की जानकारी नहीं थी।

ऋग्वेद का 'आत्रेय (ऐतरेय) उपनिषद्' अति प्राचीन उपनिषदों में से एक है। इस उपनिषद् में (1-1-4) 'माँ के उदर में बच्चा कैसे तैयार होता है', इसका विवरण है। इसमें कहा गया है कि गर्भावस्था में सर्वप्रथम बच्चे के मुँह का कुछ भाग तैयार होता है, फिर नाक, आँख, कान, हृदय (दिल) आदि अंग विकसित होते हैं। आज के आधुनिक विज्ञान का सहारा लेकर, सोनोग्राफी के माध्यम से अगर हम देखते हैं, तो इसी क्रम से, इसी अवस्था से बच्चा विकसित होता है।

'भागवत' में लिखा है (2-1022 और 3-26-55) की मनुष्य में दिशा

पहचानने की क्षमता कान के कारण होती है। सन् 1935 में डॉ. रोंस और टेट ने एक प्रयोग किया। इस प्रयोग से यह साबित हुआ कि मनुष्य के कान में जो वेस्टीब्यूलर (vestibular apparatus) होता है, उसी से मनुष्य को दिशा पहचानना संभव होता है।

अब यह ज्ञान हजारों वर्ष पहले हमारे पुरखों को कहाँ से मिला होगा ?

संक्षेप में प्लास्टिक सर्जरी का भारत में ढाई से तीन हजार वर्ष पूर्व से अस्तित्व था। इसके पक्के सबूत भी मिले हैं। शरीर विज्ञान का ज्ञान और शरीर के उपचार हमारे भारत की सदियों से विशेषता रही है, लेकिन 'पश्चिम के देशों में जो खोज हुई है, वही आधुनिकता है और हमारा पुरातन ज्ञान यानी दकियानूसी है', ऐसी गलत धारणाओं के कारण हम हमारे समृद्ध विरासत को नकारते रहे। इसी का फायदा अंग्रेजों ने उठाया और उन्होंने पूर्णत: विकसित ऐसी भारतीय चिकित्सा पद्धति को बदनाम तथा नष्ट करने के भरपूर प्रयास किए।

शीतला माता और टीकाकरण

पिछले दो-ढाई वर्ष से पूरा विश्व 'कोरोना' की महामारी से जूझ रहा है। इस महामारी पर वैक्सिन बनाना कितना कठिन है, यह हम सब देख रहे हैं। पश्चिमी जगत् ने तो अभी 200 वर्ष पहले ही किसी महामारी पर वैक्सिन का इलाज खोजा है, किंतु हमारी भारतीय

शीतला माता

चिकित्सा पद्धति में यह सैकड़ों वर्षों से है। अंग्रेज यहाँ आने से पहले, हम ऐसी अनेक महामारियों का सफलतापूर्वक सामना कर चुके हैं।

भारतीय पुराणों में 'शीतला माता' का अलग महत्त्व है। स्कंद पुराण में शीतला माता का उल्लेख है। माता के अर्चना का का स्रोत, 'शीतलाष्टक' के रूप में दिया गया है। इसमें का एक मंत्र है—

वन्देऽहं शीतलांदेवीं रासभस्थांदिगम्बराम्।
मार्जनीकलशोपेतां सूर्पालंकृतमस्तकाम्॥

इसमें कहा गया है कि देवी का वाहन गदर्भ है और ये दोनों हाथों में कलश, सूप, मार्जन (झाड़ू) तथा नीम के पत्ते धारण करती है। अर्थात् इस वंदना मंत्र से यह पूर्णत: स्पष्ट हो जाता है कि ये स्वच्छता की अधिष्ठात्री देवी हैं। हजारों वर्षों से भारतीय जनमानस की धारणा है कि यह महामारी को नष्ट करनेवाली देवी है। प्राचीनकाल से हमारे समाज के पुरोधाओं ने इस देवी के व्रत को, महामारी से निपटने के लिए टीकाकरण के रूप में प्रस्थापित किया था। संसर्गजन्य रोग, महामारी आदि से बचने का एक पूरा पारतंत्र (इको सिस्टम) 'शीतला माता व्रत' के रूप में निर्माण किया गया था। गाँव-गाँव शीतला माता के मंदिर स्थापित किए गए और महामारियों से बचने के लिए इस देवी के व्रत से जोड़कर, जिसमें नीम के पत्ते से स्नान करने से लेकर सबकुछ है, एक पूरी व्यवस्था बनाई गई।

दसवीं शताब्दी के आयुर्वेद के 'साक्तीय ग्रंथम्' में इस टीकाकरण विधि का उल्लेख है। खुद अंग्रेजों ने ही इस संपूर्ण पारतंत्र की खूबियों का वर्णन किया है। प्रख्यात गांधीवादी चिंतक, धर्मपालजी ने अपने '18वीं शताब्दी में भारत में विज्ञान एवं

तंत्रज्ञान' पुस्तक में अंग्रेजों के दो उद्धरण दिए हैं। इनमें से पहला है, 'आर. कोल्ट का ओलिवर कोल्ट को 10 फरवरी, 1731 को लिखा पत्र'। इस पत्र में कोल्ट महाशय ने बंगाल में चेचक के टीकाकरण का विवरण दिया है।

दूसरा उल्लेख एक विस्तृत भाषण का है। यह भाषण डॉ. जॉन जेड. हॉलवेल ने लंदन के कॉलेज ऑफ फिजीशियन के पदाधिकारी और सदस्यों के सम्मुख वर्ष 1767 में दिया है। भाषण का विषय है, 'भारत में चेचक की परंपरागत टीकाकरण पद्धति'।

(संयोग से डॉ. जॉन हॉलवेल, 1756 की कुप्रसिद्ध 'ब्लैक होल घटना' में जीवित अत्यंत कम भाग्यशाली लोगों में से एक थे। प्लासी के युद्ध के एक वर्ष पहले, अर्थात् 1756 में बंगाल के नवाब सिराजुद्दौल्ला ने कलकत्ता में अंग्रेजों के किलानुमा गढ़ी पर धावा बोल दिया था और 146 अंग्रेज बंदियों को, जिनमें स्त्रियाँ और बच्चे भी शामिल थे, एक 18 फीट × 14 फीट के कमरे में बंद कर दिया। 20 जून, 1756 की रात को उन्हे बंद किया और 23 जून की प्रात: जब कोठरी को खोला गया, तब उसमें मात्र 23 व्यक्ति ही जीवित बचे थे। इनमें से जॉन हॉलवेल भी एक थे। हालाँकि जे.एच. लिटल जैसे आधुनिक इतिहासकारों ने इस घटना को झूठ और मनगढ़ंत बताया है। उनके अनुसार, अगले वर्ष 1757 में अंग्रेजों ने बंगाल के नवाब के विरोध में आक्रामक युद्ध छेड़ने के लिए इस झूठी घटना का कारण दिया।)

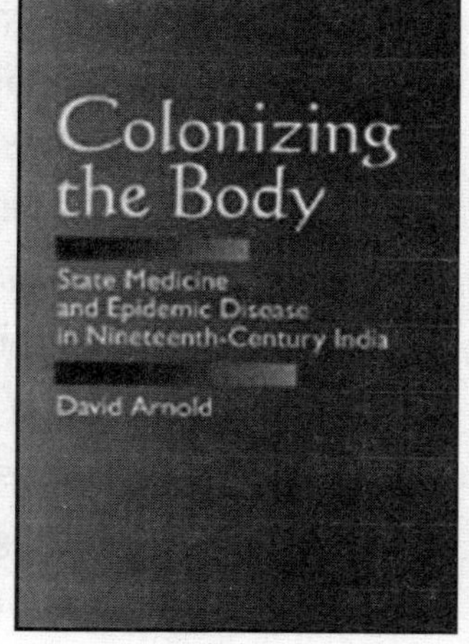

इसके अलावा भी इस परंपरागत और इसीलिए प्रभावी टीकाकरण पद्धति पर अनेक ने पुस्तके लिखी हैं। इनमें डेविड अर्नोल्ड की 'कोलोनाइजिंग द बॉडी' पुस्तक प्रमुख है। अर्थात् यह स्पष्ट है कि विश्व में टीकाकरण की कल्पना और पद्धति हम भारतीयों ने ही हजारों वर्ष पहले खोज निकाली। उस पद्धति को पौराणिक श्रद्धा से जोड़ा, जिसके करण वह सहज स्वीकार्य और प्रभावी बन गई।

किंतु दुर्भाग्य से टीकाकरण (वैक्सीनेशन) का श्रेय दिया जाता है एडवर्ड जेनर को, जिन्होंने बहुत बाद, अर्थात् वर्ष 1796 में टीके (वैक्सीन) की खोज की!

श्रीमती लीना मेहंदले वरिष्ठ आई.एस.एस. अफसर रह चुकी हैं। महाराष्ट्र सरकार में 'अतिरिक्त प्रमुख सचिव' पद से उन्होंने सेवानिवृत्ति ली थी। बाद में वे गोवा में सूचना आयुक्त रहीं और सेंट्रल ट्रिब्यूनल में सदस्य भी रही हैं। उन्होंने एक सुंदर लेख लिखा है, जिसमें चेचक जैसी महामारी से लड़ने की हमारी व्यवस्था क्या थी और अंग्रेजों ने उसे कैसे ध्वस्त किया, यह विस्तार से बताया है।

उन्हीं की लेखनी से—सन् 1796 में इंग्लैंड के श्री एडवर्ड जेनर (Edward Jenner) ने चेचक के लिए वैक्सीनेशन खोजा। यह गाय पर आए चेचक के दानों से बनाया जाता था, लेकिन इससे दो सौ वर्ष पहले भी भारत में बच्चों पर आए चेचक के दानों से वैक्सीन बनाकर दूसरे बच्चों का बचाव करने की विधि थी। इस संदर्भ में ब्रिटेन के ही प्रो. ऑर्नोल्ड ने काफी काम किया है।"

कुछ वर्षों पहले मुझे पुणे से डॉ. देवधरजी का फोन आया, यह बताने के लिए कि वे American Journal for Health Sciences के लिए एक पुस्तक की समीक्षा कर रहे हैं। पुस्तक थी लंदन यूनिवर्सिटी के प्रो. ऑर्नोल्ड लिखित 'Colonizing Body'। पुस्तक का विषय है, प्लासी की लड़ाई, अर्थात् 1756 से लेकर भारत की स्वतंत्रता अर्थात् 1947 तक, अपने शासनकाल में अंग्रेजी शासकों ने भारत में प्रचलित कतिपय महामारियों को रोकने के लिए क्या-क्या किया। इसे लिखने के लिए ऑर्नोल्ड ने अंग्रेजी अफसरों के द्वारा दो सौ वर्षों के दौरान लिखे गए कई सौ डिस्ट्रिक्ट गजेटियर और सरकारी फाइलों की पढ़ाई की और जो-जो पढ़ा, उसे ईमानदारी से इस पुस्तक में लिखा। पुस्तक के तीन अध्यायों में चेचक, प्लेग और कॉलरा जैसी तीन महामारियों के विषय में विस्तार से लिखा गया है। अन्य अध्याय विश्लेषणात्मक हैं।

सत्रहवीं, अठारवीं और उन्नीसवीं सदी में या शायद उससे कुछ सदियों पहले भी चेचक की महामारी से बचने के लिए हमारे समाज में एक खास व्यवस्था थी। उसका विवरण देते हुए ऑर्नोल्ड ने काशी और बंगाल की सामाजिक व्यवस्थाओं

के विषय में अधिक जानकारी दी है। चेचक को शीतला माता के नाम से जाना जाता था और यह माना जाता था कि शीतला माता का प्रकोप होने से बीमारी होती है, लेकिन इससे जूझने के लिए जो समाज व्यवस्था बनाई गई थी, उसमें धार्मिक भावनाओं का अच्छा-खासा उपयोग किया गया था। शीतला माता को प्रेम और सम्मान से आमंत्रित किया जाता था, उसकी पूजा का विधि-विधान भी किया गया था। चैत्र के महीने में 'शीतला उत्सव' भी मनाया जाता था। यही महीना है, जब नई कोंपलें और फूल खिलते हैं और यही महीना है, जब शीतला बीमारी, अर्थात् चेचक का प्रकोप शुरू होने लगता है। शीतला माता को बंगाल में 'बसंती-चंडी' के नाम से भी जाना जाता है।

इन्हीं दिनों काशी के गुरुकुलों से गुरु का आशीर्वाद लेकर शिष्य निकलते थे और अपने-अपने सौंपे गए गाँवों में इस पूजा विधान के लिए जाते थे। चार-पाँच शिष्यों की टोली बनाकर उन्हें तीस-चालीस गाँव सौंपे जाते थे। गुरु के आशीर्वाद के साथ-साथ वे अन्य कुछ वस्तुएँ भी ले जाते थे—चाँदी या लोहे के धारदार ब्लेड और सुइयाँ और रुई के फाहों में लिपटी हुई 'कोई वस्तु'।

इन शिष्यों का गाँव में अच्छा सम्मान होता था और उनकी बातें ध्यान से सुनी व मानी जाती थीं। वे तीन से पंद्रह वर्ष की आयु के उन सभी बच्चों और बच्चियों को इकट्ठा करते थे, जिन्हें तब तक शीतला माता का आशीर्वाद न मिला हो (यानी चेचक की बीमारी न हुई हो)। उनके हाथ में अपने ब्लेड से धीमे-धीमे कुरेदकर रक्त की मात्र एकाध बूँद निकलने जितना एक छोटा सा जख्म करते थे, फिर रुई का फाहा खोलकर उसमें लिपटी वस्तु को जख्म पर रगड़ते थे। थोड़ी ही देर में दर्द खत्म होने पर बच्चा खेलने-कूदने को तैयार हो जाता, फिर उन बच्चों पर निगरानी रखी जाती। उनके माँ-बाप के साथ अलग मीटिंग करके उन्हें समझाया जाता कि बच्चे के शरीर में शीतला माता आनेवाली है, उनकी आवभगत के लिए बच्चे को क्या-क्या खिलाया जाए। यह वास्तव में पथ्य विचार के आधार पर तय किया जाता होगा।

एक-दो दिनों में बच्चों को चेचक के दाने निकलते थे और थोड़ा बुखार भी चढ़ता था। इस समय बच्चे को प्यार से रखा जाता और उसकी इच्छाएँ पूरी की

जाती। ब्राह्मण शिष्यों की जिम्मेदारी होती थी कि वह पूजा-पाठ करता रहे, ताकि जो देवी आशीर्वाद के रूप में पधारी है, वह प्रकोप में न बदल पाए। दाने बड़े होकर पकते थे और फिर सूख जाते थे। यह सारा चक्र आठ-दस दिनों में संपन्न होता था, फिर हर बच्चे को नीम के पत्तों से नहलाकर उसकी पूजा की जाती और उसे मिष्टान्न दिए जाते। इस प्रकार दसेक दिनों के निवास के बाद शीतला माता उस बच्चे के शरीर से विदा होती थीं और बच्चे को 'आशीर्वाद' मिल जाता कि जीवनपर्यंत उस पर शीतला का प्रकोप कभी नहीं होगा।

उन्हीं आठ-दस दिनों में ब्राह्मण शिष्य चेचक के दानों की परीक्षा करके उनमें से कुछ मोटे-मोटे, पके दाने चुनता था, उन्हें सुई चुभोकर फोड़ता था और निकलने वाले मवाद को साफ रुई के छोटे-छोटे फाहों में भरकर रख लेता था। बाद में काशी जाने पर ऐसे सारे फाहे गुरु के पास जमा करवाए जाते। वे अगले वर्ष काम में लाए जाते थे।

यह सारा वर्णन पढ़कर मैं दंग रह गई। थोड़े शब्दों में कहा जाए तो यह सारा 'पल्स इम्युनाइजेशन प्रोग्राम' था, जो बगैर अस्पतालों के एक सामाजिक व्यवस्था के रूप में चलाया जा रहा था। ब्राह्मणों के द्वारा किए जानेवाले विधि-विधान या पथ्य एक तरह से कंट्रोल के ही साधन थे; हालाँकि पुस्तक में सारा ब्योरा बंगाल व काशी का है, लेकिन मैं जानती हूँ कि महाराष्ट्र में और देश के अन्य कई भागों में 'शीतला सप्तमी' का व्रत मनाया जाता है और हर गाँव के छोर पर कहीं एक शीतला माता का मंदिर भी होता है।

इससे अधिक चौंकानेवाली दो बातें इस अध्याय में लेखक ऑर्नोल्ड ने आगे लिखी हैं—

"अंग्रेज जब यहाँ आए तो अंग्रेज अफसरों और सोल्जरों को देसी बीमारियों से बचाए रखने के लिए अलग से कैंटोनमेंट बने, जो शहर से थोड़ी दूर हटकर थे, लेकिन यदि महामारी फैली तो अलग कैंटोमेंट में रहनेवाले सोल्जरों को भी खतरा होगा, अत: महामारी के साथ सख्ती से निपटने की नीति थी। महामारी के मरीजों को बस्तियों से अलग अस्पतालों में रखना पड़ता था, उन्हें वह दवाइयाँ देनी पड़ती थीं, जो अंग्रेजी फार्मोकोपिया में लिखी हैं, क्योंकि देसी लोगों की

दवाइयों का ज्ञान तो अंग्रेजों को था नहीं और उन पर विश्वास भी नहीं था। अंग्रेजों के लिए यह भी जरूरी था कि कैंट (सेना की छावनी) के चारों ओर एक बफर जोन हो, अर्थात् वहाँ रहनेवाले भारतीय (प्राय: नौकर चाकर, धोबी, कर्मचारी इत्यादि) विदेशी टीके द्वारा संरक्षित हों।

वैसे देखा जाए तो 'ब्रिटानिका इनसाइक्लोपीडिया' में जिक्र है कि अठारवीं सदी के आरंभ में चेचक से बचने के लिए टीका लगवाने की एक प्रथा भारत से आरंभ कर अफगानिस्तान व तुर्किस्तान के रास्ते यूरोप में—खासकर इंग्लैंड में पहुँची थी। जिसे Variolation का नाम दिया गया था। अकसर डॉक्टर लोग इसे ढकोसला मानते थे, फिर भी ऐसे कई गण्यमान्य लोग इसके प्रचार में जुटे थे, जिन्हें इंग्लैंड के समाज में अच्छा सम्मान प्राप्त था। सन् 1767 में हॉलवेल ने एक विस्तृत विवरण लिखकर इंग्लैंड की जनता को Variolation के संबंध में आश्वस्त कराने का प्रयास किया। स्मरण रहे कि तब तक 'जेनर विधी' जैसी कोई बात नहीं थी।

सन् 1796 में डॉ. एडवर्ड जेनर (1749-1823) ने गाय के चेचक के दानों से चेचक का वैक्सिन बनाने की खोज की। चूँकि यह एक अंग्रेज डॉक्टर का खोजा हुआ तरीका था, अत: इसपर तत्काल विश्वास किया गया और भारत में उसे तत्काल लागू किए जाने की सिफारिश की गई, ताकि अंग्रेज सिपाहियों की स्वास्थ्य रक्षा हो सके। इन वैक्सिनों को बर्फ के बक्सों में रखकर भारत लाया जाता था, फिर उससे भारतीयों को चेचक के टीके लगवाए जाते थे। टीका लगाने का तरीका ठीक वही था, जो हमारे लोग इस्तेमाल करते थे, लेकिन इस पद्धति का नाम पड़ा वैक्सिनेशन। इसके लिए बड़ी सख्ती करनी पड़ती थी, क्योंकि यदि किसी भारतीय ने अंग्रेजी टीका नहीं लगवाया तो अंग्रेज डॉक्टरों का डर था कि आगे उसे चेचक निकलेंगे और वह महामारी फैलाने का एक माध्यम बनेगा। आरंभ काल में अंग्रेजी टीका लगाने के तरीके काफी दुखद होते थे। उनके जख्म बड़े होते थे और बच्चे या बूढ़े उन्हें लगवाने से डरते और रोते थे। 'जेनर विधि' के अंतर्गत वैक्सिनेशन का टीका लगवाने पर उस जगह घाव हो जाता था और बुखार भी चढ़ आता था, लेकिन चेचक के दाने नहीं उभरते थे, जैसा कि देसी

वेरीओलेशन की प्रणाली में निकलते थे। कई बार टीके का बुखार तीव्र होकर मृत्यु भी हो जाती, जिस कारण भारतीयों का विरोध अधिक था।

अंग्रेजों को यह लग रहा था कि जब तक काशी के ब्राह्मणों के शिष्य अपना वेरिओलेशन (टीकाकरण) का कार्यक्रम कर रहे हैं, तब तक उनके लिए चुनौती कायम रहेगी। उसे रोकने के लिए देशी तरीके को अशास्त्रीय करार दिया गया और शीतला माता का टीका लगानेवाले ब्राह्मणों को जेल भिजवाया जाने लगा; तब ब्राह्मणों ने अपनी विद्या गाँव-गाँव के सुनार और नाइयों को सिखाई। इस प्रकार उनके माध्यम से भी यह देसी पद्धति से टीके लगाने का काम कुछ वर्षों तक चलता रहा। जिन सुनार या नाइयों को यह विद्या सिखाई गई, उनका नाम पड़ा 'टीकाकार' और आज भी बंगाल व ओड़िसा में 'टीकाकार' नाम से कई परिवार पाए जाते हैं, जो मूलतः सुनार या नाई, दोनों जातियों से हो सकते हैं। शायद उनके वंशज नहीं जानते थे कि यह नाम उनके हिस्से में कहाँ से आया।

हमारे पुराने सारे कर्मकांडों में यह पाया जाता है कि एक छोटी सी शास्त्रीय घटना को केंद्र में रखकर, ऊपर से उत्सवों और कर्मकांडों का भारी-भरकम चोला पहनाया जाता था। वह चोला दिखाई पड़ता था, उसमें चमक-दमक होती थी। लोग उसे देखते, उन कर्मकांडों को करते और सदियों तक याद रखते। आज भी रखते हैं, लेकिन प्रायः उनकी आत्मा, अर्थात् वह छोटा सा शास्त्रीय काम, जिसके लिए यह सारा ताम-झाम किया गया, काल के बहाव में लुप्त हो जाता, क्योंकि उसके जानकार लोग कम रह जाते थे। आज भी महाराष्ट्र, कर्नाटक और आंध्र में रिवाज है कि चैत्र मास में छोटे-छोटे बच्चे, सिर पर ताँबे का कलश लेकर नदी में नहाने जाते हैं। कलश को नीम के पत्तों से सजाया जाता है। गीले बदन नदी से देवी के मंदिर तक आकर कलश का कुछ पानी शीतला देवी पर चढ़ाते हैं और कुछ अपने सिर पर उँडेलते हैं। इसी प्रकार शीतला सप्तमी का व्रत भी प्रसिद्ध है, जो श्रावण मास में किया जाता है।

आरंभ से आयुर्वेद के प्रचार-प्रसार में विकेंद्रीकरण का बड़ा महत्त्व रखा गया था, जो आधुनिक केंद्रीकरण और अस्पताल व्यवस्था के बिल्कुल भिन्न है। आयुर्वेद के विभिन्न सिद्धांतों को अत्यंत छोटे-छोटे कर्मकांडों और रीति-रिवाजों में

बाँटकर घर-घर तक पहुँचाया गया था। उन सिद्धांतों के अनुपालन में परिवार की महिला सदस्यों का विशेष स्थान था। इसलिए आयुर्वेद का ज्ञान महिलाओं के पास सुरक्षित रहता था और प्राय: उन्हीं के द्वारा उपयोग में लाया जाता। औरतों को परिवार में सम्मान का स्थान मिलने के जो कई कारण थे, उसमें स्वास्थ्य रक्षा भी एक महत्त्वपूर्ण कारण था। यह आयुर्वेद का ज्ञान औरतों द्वारा परिवार के पास-पड़ोस की सेवा के लिए लगाया जाता। यदि कोई परिवार आर्थिक अड़चन में आए, तभी यह ज्ञान परिवार के पुरुषों के माध्यम से आर्थिक आय जुटाने के काम में प्रयुक्त किया जाता। परिवार में औरतों का सम्मान घटने का एक कारण यह भी रहा है कि आयुर्वेद के माध्यम से स्वास्थ्य रक्षा का जो ज्ञान उनके पास था, वह अब छिन चुका है।

चेचक या मसूरिका रोगों के विषय में चरक या सुश्रुत संहिता में अत्यंत कम वर्णन पाया जाता है, जिससे प्रतीत होता है कि पाँचवीं सदी में इस रोग की भयावहता अधिक नहीं थी, किंतु आठवीं सदी के प्रसिद्ध आयुर्वेदिक ग्रंथ 'माधव निदान' में इसका विस्तृत वर्णन है। एक बार रोग हो जाए तो इसकी कोई दवा नहीं थी, केवल परहेज पर ही जोर दिया जाता था। मांस-मछली, दूध, तेल, घी और मसाले कुपथ्य माने जाते थे। केला, गन्ना, पके हुए चावल, भंग, तरबूजे आदि पथ्यकर थे। बीमारी की पहचान के बाद वैद्य, ब्राह्मणों या कविराज की कोई जरूरत नहीं रहती, क्योंकि दवाई तो कोई होती नहीं थी। शीतला माता के मंदिरों के पुजारी प्राय: माली समाज से या बंगाल में मालाकार समाज से होते थे। बीमारों की परिचर्या के लिए उन्हीं को बुलाया जाता था। 'माली' आने के बाद घर में सारे मांसाहारी खाने बंद करवाता था। घी, तेल व मसाले भी बंद करवाए जाते। मरीज की कलाई में कुछ कौड़ियाँ, कुछ हल्दी के टुकडे और सोने का कोई गहना बाँधा जाता था। उसे केले के पत्ते पर सुलाया जाता और केवल दूध का आहार दिया जाता। उसे नीम के पत्तों से हवा की जाती। उसके कमरे में प्रवेश करनेवाले को नहा-धोकर आना पड़ता। शीतला माता की पंचधातु की मूर्ति का अभिषेक कर वही चरणोदक बीमार को पिलाया जाता।

रात भर शीतला माता के गीत गाए जाते। लेखक ऑर्नोल्ड ने एक पूरे गीत का अंग्रेजी अनुवाद भी किया है, जो माता की प्रार्थना के लिए गाया जाता था।

दानों की जलन कम करने के लिए शरीर पर पिसी हुई हल्दी, मसूर दाल का आटा या शंख भस्म का लेप किया जाता। सात दिनों तक कलश पूजा भी होती, जिसमें चावल की खीर, नारियल, नीम के पत्ते इत्यादि का भोग लगता। चेचक के दाने पक चुकने के बाद जलन को कम करने की आवश्यकता होने पर किसी तेज काँटे से उन्हें फोड़कर मवाद निकाल दिया जाता। इसके बाद के एक सप्ताह तक बीमार व्यक्ति की हर इच्छा को माता की इच्छा मानकर पूरा किया जाता और माता को ससम्मान विदा किया जाता।"

लेखक के अनुसार शीतला माता का एक बड़ा मंदिर गुड़गाँव (आज का गुरुग्राम) में था, जिसमें बड़ी यात्रा लगती थी, लेकिन पूरे उत्तरी भारत, राजस्थान, बिहार, बंगाल व ओड़िसा में छोटे-छोटे मंदिर थे, जहाँ चैत्र मास में शीतला माता के पर्व के लिए यात्राएँ और मेले लगते थे। बंगाल और पंजाब के कई मुसलिम परिवारों में भी शीतला माता की पूजा का रिवाज था, जिसे समाप्त करने के लिए फराइजी मुसलिम संगठन के कार्यकर्ता कोशिश किया करते।

लेखक के अनुसार बीमारी न होने का उपाय करना ब्राह्मणों के जिम्मे था, जो कि गाँव-गाँव जाकर टीके लगवाते थे। बंगाल व ओड़िसा में आज भी टीकाकार नाम के कई परिवार हैं। इस विधि का भारत में काफी प्रचार था, लेकिन बीमारी हो जाने पर रोगी की व्यवस्था देखने का काम मालियों के जिम्मे था।

इस प्रकार हम देखते हैं कि इम्युनाइजेशन के लिए बीमार व्यक्ति को ही साधन बनाने का सिद्धांत और चेचक जैसी बीमारी में टीका लगाने का विधान भारत में उपजा था। तेरहवीं से अठारवीं सदी तक यह उत्तरी भारत के सभी हिस्सों में प्रचलित था। 1767 में डॉ. हॉलवेल ने भारतीय टीके की पद्धति का विस्तृत ब्योरा लंदन के कॉलेज ऑफ फिजिक्स में प्रस्तुत किया था और इसकी बड़ी प्रशंसा की थी। यह पद्धति इंग्लैंड में नई-नई आई थी और हॉलवेल उन्हें इसके विषय में आश्वस्त कराना चाहता था। हॉलवेल ने बताया कि टीका लगाने के लिए भारतीय टीकाकार पिछले वर्ष के मवाद का उपयोग करते थे, नए का नहीं। साथ ही यह मवाद उसी बच्चे से लिया जाता, जिसे टीके के द्वारा शीतला के दाने दिलवाए गए हों, अर्थात् जिसका कंट्रोल्ड एनवायर्नमेंट रहा हो। टीका लगाने से

पहले रुई में स्थित दवाई को गंगाजल छिड़ककर पवित्र किया जाता था। बच्चों के घर और पास-पड़ोस के पर्यावरण का विशेष ध्यान रखा जाता था। बूढ़े व्यक्ति या गर्भवती महिलाओं को अलग घरों में रखा जाता, ताकि उन तक बीमारी का संसर्ग न फैले। हॉलवेल के मुताबिक इस पूरे कार्यक्रम में न तो किसी बच्चे को तीव्र बीमारी होती और न ही उसका संसर्ग अन्य व्यक्तियों तक पहुँचता, यह पूर्णतया सुरक्षित कार्यक्रम था।

सन् 1839 में राधाकांत देव (1783-1867) ने भी इस टीके की पद्धति का विस्तृत ब्योरा देनेवाली पुस्तक लिखी है। ऑरनोल्ड कहता है—"हालाँकि हॉलवेल या डॉ. देव यह नहीं लिख पाए कि टीका देने की यह पद्धति समाज में कितनी गहराई तक उतरी थी, लेकिन 1848 से 1867 के दौरान बंगाल की सभी जेलों के आँकड़े बताते हैं कि करीब अस्सी प्रतिशत कैदी भारतीय विधान से टीका लगवा चुके थे। असम, बंगाल, बिहार और ओड़िसा में कम-से-कम साठ प्रतिशत लोग टीके लगवाते थे। ऑर्नोल्ड ने वर्णन किया है कि बंगाल प्रेसिडेंसी में 1870 के दशक में चेचक से संबंधित कई जनगणनाएँ कराई गईं। ऐसी ही एक गणना 1872-73 में हुई। उसमें 17697 लोगों की गणना में पाया गया कि करीब 66 प्रतिशत लोग देसी विधान के टीके लगवा चुके थे, 5 प्रतिशत का Vaccination कराया गया था, 18 प्रतिशत को चेचक निकल चुका था और अन्य 11 प्रतिशत को अभी तक कोई सुरक्षा बहाल नहीं की गई थी।

बंगाल प्रेसिडेंसी के बाहर काशी, कुमाऊँ, पंजाब, रावलपिंडी, राजस्थान, सिंध, कच्छ, गुजरात और महाराष्ट्र के कोंकण प्रांत में भी यह विधान प्रचलित था, लेकिन दिल्ली, अवध, नेपाल, हैदराबाद और मैसूर में इसके चलन का कोई संकेत लेखक को नहीं मिल पाया। मद्रास प्रेसिडेंसी के कुछ इलाकों में ओड़िया ब्राह्मणों द्वारा टीके लगवाए जाते थे। टीके लगवाने के लिए अच्छी-खासी फीस मिल जाती, लेकिन कई इलाकों में औरतों को टीका लगाने पर केवल आधी फीस मिलती थी।

राधाकांत देव के अनुसार-टीका लगाने का काम ब्राह्मणों के अलावा आचार्य, देबांग (ज्योतिषी), कुम्हार, सांकरिया (शंखवाले) तथा नाई जमात

के लोग भी करते थे। बंगाल में माली समाज के लोग और बालासोर में मस्तान समाज के, तो बिहार में पछानिया समाज के लोग, मुसलिमों में बुनकर और सिंदूरिए वर्ग के लोग टीका लगाते थे। कोंकण में कुनबी समाज तो गोवा में कैथोलिक चर्चों के पादरी भी टीका लगाते थे। टीका लगाने के महीनों में, अर्थात् फाल्गुन, चैत्र, बैसाख में हर महीने सौ-सवा सौ रुपए की कमाई हो जाती, जो उस जमाने में अच्छी-खासी संपत्ति थी। कई गाँवों का अपना खास टीका लगवाने वाला होता था और कई परिवारों में यह पुश्तैनी कला चली आई थी। लेखक के मुताबिक 'चूँकि टीका लगवाने की यह विधि ब्रिटेन में भी धीरे-धीरे मान्य हो रही थी, अत: बंगाल के कई अंग्रेज परिवार भी टीके लगवाने लगे थे, लेकिन सन् 1798 में सर जेनर ने गाय के थन पर निकले चेचक के दानों से Vaccine बनाने की विधि ढूँढ़ी तो इंग्लैंड में उसका भारी स्वागत हुआ। अब उस जादू-टोनेवाले देश के टीके की बजाय हम अपने डॉक्टर की विधि का प्रयोग करेंगे।' जैसे ही जेनर की विधि हाथ में आई, अंग्रेजों ने मान लिया कि इसके सिवा जो भी विधि जहाँ भी हो, वह बकवास है और उसे रोकना पड़ेगा।

जेनर की विधि सबसे पहले 1802 में मुंबई में लाई गई और 1804 में बंगाल में। इसके बाद ब्रिटिश शासन ने हर तरह से प्रयास किया कि भारतीयों की टीका लगाने की विधि, अर्थात् Variolation को समाप्त किया जाए। इसका सबसे अच्छा उपाय यह था कि Variolation के द्वारा टीका लगवाने को गुनाह करार दिया गया और टीका लगवाने वालों को जेल भेजा गया। करीब 1830 के बाद चेचक के विषय में अंग्रेजों के द्वारा लिखित जितने भी ब्योरे मिलेंगे, उनमें Variolation की विधि को बकवास बताया गया है और

एडवर्ड जेनर

भारतीयों की तथा उनकी अंधश्रद्धा की भरपूर निंदा की गई। 'वे (भारतीय) जेनर साहब के Vaccination जैसे अनमोल रत्न को ठुकरा रहे थे, जो उन्हें अंग्रेज डॉक्टरों की दया से मिल रहा था और जिसके प्रति कृतज्ञता दरशाना भारतीयों का कर्तव्य था।' भारतीयों द्वारा देसी पद्धति से टीका लगवाने को 'मृत्यु का व्यापार' या 'Murderous trade' कहा गया।

"वैक्सीनेशन को भारतीयों ने शीघ्रता से सर-आँखों पर नहीं लिया, इससे कई अंग्रेज अफसर रुष्ट थे। शूलब्रेड ने उन्हें मूर्ख, अज्ञानी और हर नए आविष्कार का शत्रु कहा (1804) तो डंकन स्टेवार्ट ने अकृतज्ञ और मूढ कहा (1840), जबकि 1878 में कलकत्ता के सैनिटरी कमिश्नर ने उन्हें अंधविश्वासी, रूढ़िवादी और जातीयवादी कहा। भारतीयों की टीका पद्धति को ही इस व्यवहार का कारण माना गया और कहा गया कि सारे भारतीय टीकाकार अपनी रोजी-रोटी छिन जाने के डर से वैक्सिनेशन के बारे में गलत बातें फैला रहे थे, जबकि भारतीय पद्धति में ही अधिक लोग मरते हैं।"

—ऑर्नोल्ड

"खुद नियति ने यह विधान किया कि हम इस देश पर राज करें और यहाँ लाखों-करोड़ों मूढ़ और अज्ञानी प्रजाजनों को उस आत्मक्लेश से बचाएँ, जिसके कारण वे भारतीय टीका लगवाते हैं।"

—शूलब्रेड

लेकिन शूलब्रेड के ही समकालीन बुचानन ने इस पद्धति में कई अच्छाइयों का वर्णन किया है और 1860 में कलकत्ता के वैक्सीनेशन के सुपरिंटेंडेंट जनरल चार्ल्स ने लिखा है—"यदि सारे विधि-विधानों का ठीक से पालन हो तो भारतीय पद्धति में चेचक की महामारी फैलने की कोई संभावना नहीं है; हालाँकि मैं स्वयं वैक्सिनेशन को बेहतर समझता हूँ, फिर भी मेरा सुझाव है कि भारतीय टीकादारों पर पाबंदी लगाने के बजाय उनका रजिस्ट्रेशन करके उन्हें उनकी अपनी प्रणाली से टीके लगाने दिए जाएँ।" जाहिर है कि यह सुझाव अंग्रेजी हुकूमत को पसंद नहीं आया।

अंग्रेजी पद्धति के लोकप्रिय न होने का एक कारण यह भी था कि काफी वर्षों तक अंग्रेजी पद्धति में कई कठिनाइयाँ रही थीं। उन्नीसवीं सदी के अंत तक यह पद्धति काफी क्लेशकारक भी थी। भारतवर्ष में गायों को चेचक की बीमारी

नहीं होती थी, अत: गाय के चेचक का मवाद (जिसे वैक्सिन कहा गया) इंग्लैंड से लाया जाता था, फिर बगदाद से बंबई तक इसे बच्चों की श्रृंखला के द्वारा लाया जाता था, अर्थात् किसी बच्चे को गाय के वैक्सीन से टीका लगाकर उसे होनेवाले जख्म के पकने पर उसमें से मवाद निकालकर अगले बच्चे को टीका लगाया जाता था।"

बाद में गाय के वैक्सिन को शीशी में बंद करके भेजा जाने लगा, परंतु गरमी से या देर से पहुँचने पर उसका प्रभाव नष्ट हो जाता था। उसके कारण बड़े-बड़े नासूर भी पैदा होते थे। गरमियों में दिए जानेवाले टीके कारगर नहीं थे, अतएव छह महीनों के बाद टीके बंद करने पड़ते थे और अगले वर्ष फिर से बच्चों की श्रृंखला बनाकर ही टीके का वैक्सिन भारत में लाया जा सकता था। यूरोप और भारत में कुछ लोगों ने इसे बच्चों के प्रति अन्याय बताया और यह भी माना जाता था कि इसी पद्धति के कारण सियफिलिस या कुष्ठ रोग भी फैलते हैं।

सन् 1850 में बंबई में वैक्सिनेशन डिविजन ने गाय के बछड़ों में वैक्सिनेशन कर उनके मवाद से टीके बनाने का प्रयास किया, परंतु यह खर्चीला उपाय था।

सन् 1893 में बंगाल के सैनिटरी कमिश्नर डायसन ने लिखा है—"अंग्रेजी पद्धति में एक वर्ष से कम आयु के बच्चों को टीका दिया जाता था, जिस बच्चे का घाव पक गया हो, उसे दूसरे गाँवों में ले जाकर उसके घावों का मवाद निकालकर अन्य बच्चों को टीका लगाया जाता। कई बार घाव को जोर से दबा-दबाकर मवाद निकाला जाता, ताकि अधिक बच्चों को टीका लगाया जा सके। बच्चे, उनकी माएँ और अन्य परिवारवाले रोते-तड़पते थे। टीका लगवानेवाले परिवार भी रोते, क्योंकि उनके बच्चों को भी आगे इसी तरह से प्रयुक्त किया जाता था। गाँववाले मानते थे कि इन अंग्रेज टीकादारों से बचने का एक ही रास्ता था कि उन्हें चाँदी के सिक्के दिए जाएँ। यह सही है कि इस विधि में बच्चे को कोई बीमारी नहीं होती थी या उसे चेचक के दाने नहीं निकलते थे, जबकि भारतीय पद्धति में पचास से सौ तक दाने निकल आते थे, फिर भी कुल मिलाकर भारतीय पद्धति में तकलीफें कम थीं। जो भी थीं, उन्हें शीतला माता की इच्छा मानकर स्वीकार कर लिया जाता था।

इस सारे विवरण को विस्तार से पढ़ने के बाद कुछ प्रश्न खड़े होते हैं। सबसे पहला प्रश्न यह आता है कि जब ऑर्नोल्ड जैसा ब्रिटिश व्यक्ति भारतीय चिकित्सा पद्धति पर इतना अध्ययन करके यह पुस्तक लिखता है तो अंग्रेजों ने उस पर विचार क्यों नहीं किया? इसका दूसरा अर्थ यह भी निकलता है कि अंग्रेजों का महिमामंडन करने के लिए उन्हे 'गुणग्राहक' जैसे विशेषणों से नवाजा जाता है, जो गलत है। अंग्रेज तो पक्के व्यापारी थे, उन्हें प्राचीन भारतीय चिकित्सा पद्धति के गुण–दोषों से कुछ लेना–देना नहीं था। उन्हें तो मात्र उनके द्वारा बनाई गई वैक्सीन, उनके द्वारा बनाई गई औषधियाँ भारत के घर–घर तक पहुँचानी थीं। इसीलिए अंग्रेजों ने एक अत्यंत सुव्यवस्थित चिकित्सा पद्धति को, जोर–जबरदस्ती करके समाप्त किया।

अंग्रेजों के भारत से निकालने के समय बहुत कम आयुर्वेदिक दवाखाने और वैद्य बचे थे। अंग्रेजों ने सारे देश में अंग्रेजी चिकित्सा पद्धति के दवाखाने, अस्पताल और डॉक्टर्स बनाकर, इस देश की प्राचीन और उन्नत चिकित्सा पद्धति को नष्ट करने का पूरा प्रयास किया!

□

5

भारत की विकसित शिक्षा प्रणाली को ध्वस्त किया

हमारे देश में शिक्षा व्यवस्था तथा पाठशालाएँ अंग्रेजों ने प्रारंभ कीं, ऐसा कहा जाता है। अंग्रेज आने के पहले देश में शिक्षा के मामले में अंधकार ही था, ऐसा भी बताया जाता है, किंतु सत्य परिस्थिति क्या थी? अंग्रेजों और मुसलिम आक्रांताओं के आने के पहले भारत में जो शिक्षा पद्धति थी, उसका मुकाबला संसार में कही भी नहीं था। अत्यंत व्यवस्थित पद्धति से रची गई भारतीय शिक्षा व्यवस्था, सभी आवश्यक क्षेत्रों में ज्ञान एवं प्रशिक्षण प्रदान करती थी।

विश्व का पहला विश्वविद्यालय (यूनिवर्सिटी) तक्षशिला भारत में प्रारंभ हुआ। उन दिनों भारत में 'अनपढ़' जैसा कोई शब्द प्रचलन में नहीं था। आज हमारे बच्चे पढ़ाई करने विभिन्न देशों में जाते हैं। उस समय विभिन्न देशों के बच्चे पढ़ने के लिए भारत में आते थे। एक भी भारतीय युवा उन दिनों पढ़ने के लिए विदेश में नहीं जाता था। एक परिपूर्ण शिक्षा पद्धति भारत में काम कर रही थी। लड़के/लड़कियों को साधारण आठ वर्ष की आयु तक घर पर ही शिक्षा दी जाती थी। आठवें वर्ष में लड़कों का उपनयन संस्कार करके उन्हें गुरु के पास अथवा गुरुकुल में भेजने की परंपरा थी। 'गुरु' शब्द का अर्थ केवल 'संस्कृत भाषा की शिक्षा देनेवाले ऋषि' नहीं होता था। 'गुरु' अपने किसी विशिष्ट क्षेत्र का दिग्गज होता था।

समुद्र किनारे रहनेवाले परिवारों के बच्चे जहाज निर्माण करनेवाले अपने 'गुरु' के पास रहकर जहाज निर्माण की प्रत्यक्ष शिक्षा ग्रहण करते थे। यही परंपरा भवन निर्माण, लुहारी, धनुर्विद्या, मल्लविद्या जैसी भिन्न-भिन्न कलाओं को सीखने के बारे में भी लागू थी। अगले 8-10 वर्षों तक गुरु के यहाँ शिक्षा ग्रहण करने के बाद इनमें से कुछ विद्यार्थी उच्च शिक्षा के लिए विश्वविद्यालयों में जाते थे। इन विश्वविद्यालयों में विभिन्न शास्त्रों और कलाओं को सिखाने की व्यवस्था थी।

स्त्रियों को भी उच्च शिक्षा देने की पद्धति और परंपरा थी। ऋग्वेद में स्त्री शिक्षा के बारे में कई उल्लेख मिलते हैं। प्रारंभिक शिक्षा ग्रहण करनेवाली बालिकाओं को 'ऋषिका' और उच्च शिक्षित स्त्रियों को 'ब्रह्मवादिनी' कहा जाता था। पाणिनि ने अपने ग्रंथ में लड़कियों की शिक्षा के बारे में लिखा है। छात्राओं के लिए छात्रावास (हॉस्टल) भी बनाए जाते थे। इसके लिए पाणिनि ने 'छत्रिशाला' शब्द का उपयोग किया है।

'हारून-अल-रशीद' नाम का अरबी कथाओं का नायक (वर्ष 754 से 849) बगदाद में राज करता था। इस हारून-अल-रशीद ने और अरबी सुलतान अल मंसूर ने भारतीय विश्वविद्यालयों से प्रतिभाशाली युवाओं को लाने के लिए अपने विशेष दूत भेजे थे। यह था विश्व का पहला 'कैंपस इंटरव्यू', 1200 वर्ष पहले! किंतु लगभग नौ सौ वर्ष पहले, जब मुसलिम आक्रांताओं का आक्रमण

होता गया, तब परिस्थिति बदली। बख्तियार खिलजी जैसे अनपढ़ और खूँखार सरदार ने नालंदा समेत अधिकतर विश्वविद्यालय नष्ट कर दिए। हमारी ज्ञान-परंपरा खंडित हो गई तो हमने समझा हमारी सारी शिक्षा व्यवस्था ठप्प हो गई।

किंतु ऐसा नही था। मुसलिम आक्रांताओं ने हमारे बड़े, छोटे विश्वविद्यालय ध्वस्त किए। अनेक गुरुकुल जला दिए, लेकिन उनके पास कोई शिक्षा का समानांतर मॉडल थोड़े ही था। उनके पास तो शिक्षा का ही मॉडल नही था। वे खैबर के दर्रे के उत्तर-पश्चिम में स्थित अनेक कबाइलियों में से थे। ये कबाइली अनपढ़, गँवार, खूँखार, लेकिन अपने धर्म के प्रति अत्यधिक कट्टर थे। कट्टरता के इसी जुनून ने उन्हें भारत में सत्ता दिलाई, लेकिन इस विशाल देश में प्रशासन चलाने का कोई विशेष ज्ञान या कोई व्यवस्था उनके पास नही थी। आज जिसे हम मुगल आर्ट और मुगल स्थापत्य कहते हैं, वह मूलतः भारतीय स्थापत्य ही है, जो इसलामी राजाओं के लिए या इसलामी व्यवस्था के लिए बनाया गया है। यदि यह वास्तुकला इन आक्रांताओं के पास होती, तो इस शैली के अनेक वास्तु हमें भारत के बाहर, अफगानिस्तान, ईरान, इराक, किरगिस्तान, उज्बेकिस्तान आदि में मिलते, किंतु ऐसा नही है।

इसलिए बड़े विश्वविद्यालय न सही, किंतु प्राथमिक/माध्यमिक स्तर की शालाओं का जाल सारे देश में था। जहाँ हिंदू राजा मांडलीक के रूप में थे, वहाँ उन्होंने शालाएँ बनवाई और चलवाईं।

अंग्रेज जब भारत में हुकूमत करने की स्थिति में आए, तो उन्होंने सबसे पहले भारत की शिक्षा प्रणाली का सर्वेक्षण किया। सर्वेक्षण की रिपोर्ट इंग्लैंड, स्कॉटलैंड और कुछ अंशों में भारत में भी उपलब्ध है। ये सारी रिपोर्ट सनसनीखेज हैं। हमारी सारी मान्यताओं को और हमें आज तक पढ़ाए गए इतिहास को झुठलाने वाली ये सब रिपोर्ट्स हैं।

सन् 1757 में प्लासी का युद्ध जीतने के बाद ईस्ट इंडिया कंपनी का बंगाल पर कब्जा हो गया, जब उन्होंने अपना प्रशासन तंत्र अमल में लाने का प्रयास किया तो उन्हें पता चला कि पूरे बंगाल में कर वसूली लायक भूभाग में से 34 प्रतिशत जमीन से कोई कर वसूली नहीं होती है। इसका कारण है, कि ये सारी

जमीन पाठशालाओं के लिए है। इसको देखते हुए अंग्रेजों ने (अर्थात् ईस्ट इंडिया कंपनी के अधिकारियों ने) उनका शासन जहाँ था, ऐसे क्षेत्रों में शिक्षा का सर्वेक्षण करने की योजना बनाई।

वर्ष 1818 में अंग्रेजों ने मराठों को परास्त कर अखंड भारत के बड़े से भूभाग पर अपना नियंत्रण कर लिया था, अब उनकी प्राथमिकता थी शासन चलाना। शिक्षा पद्धति शासन व्यवस्था का ही एक अंग था। उन दिनों मद्रास प्रेसीडेंसी में गवर्नर जनरल के पद पर मेजर जनरल सर थॉमस मुनरो आसीन थे। उन्होंने 25 जून, 1822 को एक आदेश निकाला, जिसके तहत मद्रास प्रेसीडेंसी के सभी कलेक्टर्स को कहा गया था कि वे गाँवों की पाठशालाओं के बारे में जानकारी इकट्ठा करके भेजें।

थॉमस मुनरो (Sir Thomas Munro : 27 मई, 1761–6 जुलाई, 1827) स्कॉटिश योद्धा थे और ईस्ट इंडिया कंपनी में तरक्की पाकर मेजर जनरल के पद पर पहुँचे थे। 10 जून, 1820 से लेकर तो 10 जुलाई, 1827 तक मद्रास प्रेसीडेंसी के गवर्नर जनरल रहे। ईस्ट इंडिया कंपनी और अंग्रेजी हुकूमत के प्रति अत्यधिक समर्पित थॉमस मुनरो भारतीयों को दी जानेवाली शिक्षा के प्रति सजग थे। इसलिए उनके कलेक्टर्स द्वारा भेजी हुई रिपोर्ट्स का अध्ययन करने में उन्हें चार वर्ष लगे। 10 मार्च, 1826 को उन्होंने इस सर्वेक्षण की रिपोर्ट को जारी किया। इसका शीर्षक था—'The Early Measures for Education in the Madras Presidency – Sir Thomas Munro's minutes on education in 1822 and 1826.' इस रिपोर्ट में जनरल मुनरो के शब्द हैं—'प्रेसीडेंसी के सभी गाँवों में पाठशालाएँ हैं'। (Every village has a school)। इस रिपोर्ट के सातवें अध्याय (Chapter) में जनरल मुनरो लिखते हैं—"State of native education here exhibited, low as it is compared with that of our own country, it is higher than it was in most European countries at no very distant period.", अर्थात् 'मद्रास प्रेसीडेंसी में शिक्षा का स्तर अपने देश (इंग्लैंड) से कम है, किंतु लगभग सभी यूरोपियन देशों से अच्छा है'। जनरल मुनरो, इंग्लैंड के शिक्षा के

स्तर को कम कैसे बोल सकते थे? किंतु बाकी लोगों ने क्या कहा? अनेक समकालीन ब्रिटिश अधिकारियों और ईसाई मिशनरियों ने यह लिखकर रखा है कि भारतीय शिक्षा व्यवस्था इंग्लैंड की शिक्षा प्रणाली से अच्छी है।

मद्रास की रिपोर्ट में लिखा है—'(मद्रास) प्रेसीडेंसी में 12,498 पाठशालाएँ हैं, जिनमें 1,88,650 विद्यार्थी पढ़ते हैं'। (वर्ष 1823 में मद्रास प्रेसीडेंसी की जनसंख्या थी 1,28,50,941 और वर्ष 1811 की जनगणना के अनुसार समूचे इंग्लैंड की जनसंख्या थी 95,43,610। इनमें से शाला या विद्यालयों में जानेवाले विद्यार्थियों की संख्या थी—75,000) अर्थात् किसी भी दृष्टिकोण से देखें, शाला/ विद्यालयों में जानेवाले विद्यार्थियों की संख्या के अनुसार या उनके प्रतिशत के अनुसार दोनों ही मामलों में भारत इंग्लैंड से कहीं आगे था और फिर भी हम कहते रहेंगे, कि अंग्रेजों ने भारत में शिक्षा पद्धति का निर्माण किया?

जनरल मुनरो मद्रास में जब शिक्षा पद्धति के सर्वेक्षण का आदेश दे रहे थे, लगभग उसी समय बॉम्बे प्रेसीडेंसी के गवर्नर माउंटस्टुअर्ट एलफिंस्टन (1819 से 1827 के बीच बॉम्बे के गवर्नर रहे) ने भी इसी प्रकार के आदेश कमिशनर ऑफ डेक्कन को तथा गुजरात और कोंकण के कलेक्टर्स को दिए। 10 मार्च, 1824 का, Government of Bombay का गाँवों की संपूर्ण शिक्षा व्यवस्था के बारे में जानकारी देने का पत्र है। एलफिंस्ट न ने इसके लिए जो कमिटी बनाई, उसमें जी.एल. प्रेंडरगास्ट का समावेश 'बॉम्बे गवर्नर काउंसिल' के सदस्य के रूप में था। प्रेंडरगास्ट ने अपनी रिपोर्ट में लिखा है—

"There is hardly a village, great or small, throughout our territories, in which there is not at least one school, and in large villages, more."

("मेरे अपने पूरे इलाके में शायद ही ऐसा कोई छोटा या बड़ा गाँव था, जिसमें कम-से-कम एक विद्यालय न हो, बड़े गाँवों में तो और भी अधिक विद्यालय थे।")

"उन्हीं दिनों बंगाल में इस सर्वेक्षण का काम किया विलियम एडम ने। 1796 में स्कॉटलैंड में जनमे विलियम बाप्टिस्ट मिशनरी के रूप में सन् 1818 में भारत आए, तब मराठों को हराने के बाद अंग्रेजों ने लगभग पूरे देश पर अपना

हुकूमत कायम कर ली थी। विलियम 27 वर्ष भारत में रहे। यहाँ वे राजा राम मोहन राय के संपर्क में भी रहे।"

लॉर्ड विलियम बेंटिक उन दिनों भारत के गवर्नर जनरल हुआ करते थे। अंग्रेजी सत्ता की राजधानी कलकत्ता थी। बेंटिक ने विलियम एडम्स को शिक्षा विभाग में अधिकारी पद पर नियुक्त किया तथा उन्हें बंगाल और बिहार की पाठशालाओं के बारे में रिपोर्ट देने को कहा। विलियम एडम्स ने सन् 1835 से 1838 तक तीन रिपोर्ट प्रस्तुत कीं, जो 'एडम्स रिपोर्ट्स' के नाम से प्रसिद्ध हैं। अपने पहले रिपोर्ट में एडम लिखते हैं, 'बंगाल (उस समय का पूरा बंगाल, अर्थात् आज का बँगलादेश मिलाकर) और बिहार में एक लाख के लगभग स्कूल हैं। इन दोनों प्रांतों की जनसंख्या चार करोड़ के बराबर है, अर्थात् प्रति 400 व्यक्तियों पर एक शाला है।'

विलियम एडम ने जिसे शालाएँ कहा है, वे सारी बड़ी-बड़ी शालाएँ नहीं हैं। उनमें से अधिकतर शालाएँ मंदिरों में, खुले आहाते में, बरगद के पेड़ के नीचे या पढ़ानेवाले मास्टरजी के घर पर लगती हैं। सभी प्रकार की मूलभूत प्राथमिक शिक्षा यहाँ दी जाती है।

उन दिनों पूरा पंजाब अंग्रेजों के कब्जे में नहीं था। महाराजा रंजीत सिंह ने लाहौर को राजधानी बनाकर पेशावर तक अपना शासन बनाकर रखा था। इसमें जितना भी पंजाब अंग्रेजों के पास था, उसका गवर्नर जनरल था चार्ल्स स्टुअर्ट हार्डिंग (Charles Stewart Hardinge)। इन्होंने भी मद्रास और बॉम्बे के जैसा सर्वेक्षण पंजाब में करवाने का प्रयास किया, किंतु उत्तर-पश्चिम सीमा पर युद्ध-परिस्थिति रहने के कारण यह संभव न हो सका।

पंजाब में यह सर्वेक्षण हुआ लगभग 50 वर्षों के बाद, जब अंग्रेजों का पूरे पंजाब पर स्वामित्व हो गया। जी.डब्ल्यू. लेटनर नाम के ब्रिटिश आई.सी. एस. अधिकारी ने इस सर्वेक्षण का काम किया था। उनमें से कुछ सर्वेक्षणों की रिपोर्ट के आधार पर उन्होंने पुस्तक भी लिखी—History of Indigenous Education in Punjab: Since Annexation and in 1882. इसमें लेटनर बड़ी जबरदस्त बातें लिखते हैं। वे कहते हैं—'भारत में बड़ी अच्छी

विकेंद्रित शिक्षा व्यवस्था है। लगभग प्रत्येक गाँव की अपनी पाठशाला है, जो गाँववाले चलाते हैं। इन पाठशालाओं को जमीन आवंटित है, जिसकी आमदनी से पाठशाला का खर्चा निकलता है।'

लेटनर आगे लिखते हैं—'इनमें से अनेक स्कूलों का स्तर तो हमारे ऑक्सफोर्ड और कैंब्रिज विश्वविद्यालय के बराबर का है। शिक्षकों को अच्छा वेतन दिया जाता है।'

जी.डब्ल्यू. लेटनर

यह जी.डब्ल्यू. लेटनर (G.W. Leitner) बड़े जबरदस्त व्यक्तित्व के धनी थे। Dr. Gottlieb Wilhelm Leitner का जन्म 14 अक्तूबर, 1840 में हंगेरी की राजधानी बुडापेस्ट में हुआ था। लेटनर का परिवार यहूदी (ज्यू) था। उन्हें भाषाओं पर विलक्षण प्रभुत्व हासिल था, जब वे आठ वर्ष के थे, तब कोन्स्टेंटिनोपोल (आज का 'इस्तांबुल') गए और वहाँ से अरबी तथा तुर्की भाषा सीखकर आए। दस वर्ष की आयु में वह इन दो भाषाओं के साथ अधिकतर यूरोपियन भाषाएँ सहजता से बोल लेते थे। पंद्रह वर्ष की आयु में वह क्रीमिया में ब्रिटिश कमिश्नरेट में अनुवादक की नौकरी करने लगे।

इस यहूदी नौजवान ने बाद में मुसलिम धर्म अपना लिया और वह अरेबिक का व्याख्याता बनकर विश्वविद्यालय में पढ़ाने लगा। लंदन के किंग्स कॉलेज में पढ़ाते समय उन्हें ब्रिटिश सरकार ने भारत में पढ़ाने के लिए आमंत्रित किया। 1864 में लेटनर लाहौर की गवर्नमेंट यूनिवर्सिटी के प्रमुख बनकर आई.सी.एस. अधिकारी के रूप में भारत आए। 1882 में उन्हीं ने पंजाब यूनिवर्सिटी की स्थापना की। भारत में इस मुकाम में उन्होंने भारतीय प्रणालियों का गहन अध्ययन किया। लेटनर ने 1870–1875 के बीच में उत्तर पंजाब के होशियारपुर जिले का बृहत्

सर्वेक्षण किया, जो पुस्तक के रूप में उपलब्ध है। लेटनर ने लिखा है—'इस होशियारपुर जिले में साक्षरता की दर 84 प्रतिशत है।' (अंग्रेजों के भारत से जाते समय सन् 1948 में किए गए सर्वेक्षण में यह दर मात्र 9 प्रतिशत बची थी। इस दरम्यान अंग्रेजों ने गाँव के पाठशालाओं को आवंटित जमीन हड़प ली। विकेंद्रित शिक्षा व्यवस्था बंद की। उसे केंद्रीकृत किया और अंग्रेजों के अनुसार पाठ्यक्रम निर्धारित होने लगा।)

ईस्ट इंडिया कंपनी के एक और अधिकारी अलेक्जेंडर वॉकर (1764–1831) ने दस वर्ष से ज्यादा समय भारत में गुजारा। वे अमेरिका भी गए और वहाँ से वापस भारत आए। उन्होंने केरल के मलाबार में शिक्षा और साक्षरता का जो वातावरण देखा, उसके बारे लिख के रखा है। उन्होंने लिखा है कि अत्यंत साधे और प्राकृतिक संसाधनों से इन भारतीयों ने अपने शिक्षा प्रणाली की रचना की है।

वॉकर लिखते हैं—"The literature of Malabar has the same foundation, and consists of the same materials, as that of all Hindoo nations. Education with them is an early and important business in every family. Many of their women are taught to read and write. The children are instructed without violence and by a process, peculiarly simple. The system was borrowed from the Bramans and brought from India to Europe. It has been made the foundation of National Schools in every enlightened country. The pupils were the monitors of each other and the characters (अक्षर/आँकड़े) are traced with finger on the sand." (p. 263 of his book).

अलेक्जेंडर वॉकर

["मलाबार का साहित्य उसी आधार पर रचा गया है तथा वैसी ही सामग्री से भरपूर है, जो सभी हिंदू राज्यों में पाया गया है। हिंदुओं के लिए प्रत्येक परिवार में शिक्षा एक प्रारंभिक एवं महत्त्वपूर्ण हिस्सा रही है। इन परिवारों की अधिकतम महिलाओं को लिखना एवं पढ़ना सिखाया जाता था। इसी प्रकार बच्चों को भी बिना किसी हिंसा के, एक निश्चित एवं सरल प्रक्रिया के माध्यम से शिक्षा प्रदान की जाती थी। यह समूची शिक्षा पद्धति, ब्राह्मणों से उधार लेकर यूरोप में लागू की गई। इस पद्धति के कारण यूरोप के सभी देशों में राष्ट्रीय स्कूलों की नींव तैयार हुई। इसके अनुसार प्रत्येक छात्र एक-दूसरे का छात्र-नायक होता था एवं रेत पर उँगली के सहारे भी अक्षर एवं संख्याएँ सीख लिये जाते थे।" (पृष्ठ क्रमांक 263)]

वॉकर ने आगे लिखा हैं, "The missionaries have now honestly owned that the system upon which these (British) schools are now taught, was borrowed from India."

("मिशनरियों को अब ईमानदारी से स्वीकार कर लेना चाहिए कि ब्रिटिश स्कूलों में उन्होंने जो प्रणाली लागू करते हुए शिक्षा प्रदान की, वह वास्तव में भारतीयों से ही उधार ली गई थी।")

ऑस्ट्रिया के एक मिशनरी जॉन फिलिप वेस्डिन अठारहवीं शताब्दी के अंत में केरल के मलाबार में काम कर रहे थे। वर्ष 1776 से 1789 तक वह केरल में थे। उन्होंने यूरोप में वापस जाकर वर्ष 1796 में रोम में अपना लेख (जिसे उन्होंने account कहा हैं) प्रकाशित किया। इसमें वो लिखते हैं—

"The education of youth in India is much simpler, and not near so expensive as in Europe. The method of teaching writing was introduced into India, two hundred years before the birth of Christ, according to the testimony of Megasthenes, and still continued to be practiced."

("भारत में युवाओं की शिक्षा बहुत ही सरल है तथा यूरोप की महँगी शिक्षा जैसी नहीं है। मेगस्थनीज के अनुसार भारत में लिखने एवं सिखाने की जो पद्धति थी, वह ईसा के जन्म से दो सौ वर्ष पहले से ही लागू थी, और इस पद्धति का अभ्यासक्रम आज भी चल रहा है।")

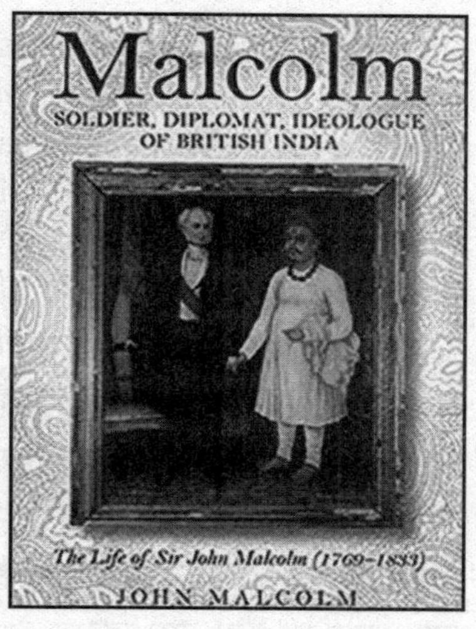

मिशनरी बनने के बाद Fra Paolino Da Bartolomeo इस नाम से लिखे इस आलेख में वे आगे कहते हैं कि इन कक्षाओं के शिक्षक, छोटी कहानियाँ और श्लोकों के माध्यम से नैतिक और सदाचारपूर्ण शिक्षा देते हैं। इन्होंने उन सभी विषयों की सूची दी है, जो पाठशालाओं में पढ़ाए जाते हैं। ये विषय है—कविता, वनस्पति शास्त्र, चिकित्सा शास्त्र, नौकानयन शास्त्र, तर्कशास्त्र, न्याय शास्त्र, खगोलशास्त्र, निःयुद्ध (मार्शल आर्ट), मौन, स्वाध्याय आदि। वे कहते हैं, "भारतीयों की इस शिक्षा पद्धति से विद्यार्थियों का व्यावसायिक ज्ञान मजबूत और उन्नत होता है।" यह सब लिखते हुए वह डिडोरस सिकुलस, स्ट्राबो, आरियन आदि ग्रीक (यूनानी) विद्वानों के संदर्भ देते हैं।

यह सब लिखने के बाद फ्रा पाओलिनो दा बार्टोलोमीओ (पहले का नाम-जॉन फिलिप वेस्डिन) लिखते हैं—"Indian do not follow that general and superficial method of education, by which children are treated as if they were all intended for the same condition and for discharging the same duties."

("भारतीय शिक्षा पद्धति उस सामान्य एवं सतही शिक्षा पद्धति का पालन नहीं करती है, जिसके अनुसार सभी बच्चों से यह अपेक्षा की जाती है कि वे एक समान स्थिति तथा एक जैसे कर्तव्यों अथवा कार्यों के लिए बने हुए हों।")

इन्होंने आगे लिखा हैं—

"By the time of Alexander the Great, the Indian had acquired such skill in the mechanical arts, that Nearchus, the commander of Alexander's fleet, was much amazed at the dexterity (निपुणता/कौशल) with which they (Indians) imitated the accoutrements of the Grecian soldiers." आगे लिखा हैं, "It however cannot be denied that the arts and sciences in India have greatly declined since the foreign conquerors expelled the native kings, by which several have been laid extremely waste and the cast confounded with each other."

("सिकंदर के आगमन के समय तक भारतीयों ने विभिन्न यांत्रिक कलाओं में निपुणता हासिल कर ली थी। यहाँ तक कि सिकंदर के सेनापति नीआर्कस भी भारतीयों की विभिन्न दक्षता, निपुणता एवं कौशल को देखकर हैरान था, जो उन्होंने (भारतीय सैनिकों ने) ग्रीक सैनिकों के तमाम साजो-सामान का अनुकरण करके दिखाई थी। वे आगे लिखते हैं—इस बात से कतई इनकार नहीं किया जा सकता कि जैसे-जैसे विदेशी आक्रांताओं ने स्थानीय राजाओं को राजपाट से बेदखल करना शुरू किया, वैसे-वैसे भारतीयों में कला एवं विज्ञान के क्षेत्र में तेज गिरावट आई तथा इस कारण कई वैज्ञानिक एवं कलाकार बुरी तरह से बरबाद एवं समाप्त हो गए।")

"यह भी माना जाता है कि अंग्रेज आने से पहले शिक्षा पर ब्राह्मणों का ही एकाधिकार था, किंतु अंग्रेजों ने, उन्होंने प्रारंभिक काल में, देश के विभिन्न हिस्सों में जो सर्वेक्षण किए, उनमें मिला डेटा इस मिथक को पूरी तरह ध्वस्त करता है। यह झूठ अंग्रेजी शासन के प्रारंभिक दिनों में ईसाई मिशनरी और शिक्षा विभाग में काम कर रहे अंग्रेज अफसरों ने फैलाया था।"

सर्वेक्षणों से प्राप्त डेटा के अनुसार वर्ष 1825 के आसपास, शाला में जानेवाले विद्यार्थियों की संख्या थी 1,75,089। इनमें मात्र 42,502 यह ब्राह्मण विद्यार्थी थे (अर्थात् 24.25 प्रतिशत)। ब्राह्मणों के अलावा अन्य सवर्ण जातियों के विद्यार्थियों की संख्या थी 19,669 (11 प्रतिशत)। बचे हुए लोगों में 85,400 शूद्र तथा अन्य पिछड़ी जाति के थे। (अंग्रेजी आँकड़े और नामों के अनुसार) मुसलिम विद्यार्थियों की संख्या 7 प्रतिशत थी। मद्रास प्रेसीडेंसी के अंतर्गत मलाबार के जो आँकड़े दिए गए हैं, उनके अनुसार, धर्मशास्त्र, खगोलशास्त्र, तर्कशास्त्र,

चिकित्सा शास्त्र आदि विषयों में कुल 1,588 विद्यार्थी थे, उनमे ब्राह्मणों की संख्या थी 639। अंग्रेजों के अनुसार 'शूद्र' संज्ञा के अंतर्गत 254 विद्यार्थी थे। अन्य पिछड़ी जाति के विद्यार्थी 672 थे। चिकित्सा शास्त्र के 190 विद्यार्थियों में ब्राह्मण विद्यार्थियों की संख्या मात्र 31 है।

अंग्रेजों ने किए हुए सर्वेक्षणों में पूरे देश के किसी भी हिस्से का डेटा लिया, तो भी यही निष्कर्ष निकलते हैं, अर्थात् अंग्रेज आने से पहले हमारी शिक्षा व्यवस्था सबके लिए खुली थी, मुक्त थी।

John Malcolm Ludlow एंग्लो-ब्रिटिश बैरिस्टर थे, जिनका जन्म 1821 में मध्य प्रदेश के नीमच में हुआ था। इनके पिताजी ईस्ट इंडिया कंपनी में अधिकारी थे। बाद में John Malcolm इंग्लैंड गए और वहाँ 'वर्किंग मेंस कॉलेज' की स्थापना की। इस कॉलेज के विद्यार्थियों को समय-समय पर भारत के बारे में जो व्याख्यान (लैक्चर) उन्होंने दिए, उनका संकलन 'ब्रिटिश इंडिया' शीर्षक से हुआ। यह संकलन 3 भागों (volumes) में उपलब्ध है। इस 'ब्रिटिश इंडिया' में जॉन माल्कम लुड़लो कहते हैं—

"In every Hindu village, which has retained anything of its form, the rudiments of knowledge are sought to be imparted, there is not a child, who is not able to read, to write, to decipher in the last branch of learning they are confessedly most proficient."

इसी 'ब्रिटिश इंडिया' में आगे लिखा हैं—

"Where the village system has been swept away by us (British), as in Bengal, here the school system has equally disappeared!"

("बंगाल में हमने (अर्थात् अंग्रेजों ने), जैसे-जैसे ग्रामीण व्यवस्था को ध्वस्त किया, वैसे-वैसे ही यहाँ की भारतीय शिक्षण व्यवस्था भी समाप्त होती चली गई।")

संक्षेप में अंग्रेज जब भारत में सत्ता के आसपास पहुँच रहे थे, तब भारत की शिक्षा व्यवस्था विकेंद्रित थी। लगभग सभी गाँवों में पाठशालाएँ थी। गाँवों के

द्वारा इन पाठशालाओं की आर्थिक व्यवस्था देखी जाती थी। शिक्षकों को अच्छा वेतन था। इन पाठशालाओं का स्तर अच्छा था। (लेटनर तो कहता हैं, इनका स्तर, कैंब्रिज और ऑक्सफोर्ड विश्वविद्यालयों के बराबर था।) एक सुव्यवस्थित शिक्षा पद्धति भारत में कार्यरत थी।

इसी समय इंग्लैंड में शिक्षा व्यवस्था की क्या स्थिति थी?

एलेक्झेंडर वॉकर ने 'भारतीय शिक्षा' पर पर जो पुस्तक लिखी है, उसमें इसका वर्णन है। वॉकर लिखता है, 'इंग्लैंड में सत्रहवीं-अठारवीं शताब्दी में औद्योगीकरण का उछाल (boom) आया था। यह औद्योगीकरण विद्यार्थियों की तरुणाई को खाए जा रहा था। बच्चों को इन उद्योगों में, कठिन परिस्थिति में, काम में झोंक दिया जाता था। बाल श्रमिकों के विरोध में कोई कानून नहीं था।

इंग्लैंड में ऑक्सफोर्ड, कैंब्रिज, एडिनबर्ग आदि विश्वविद्यालय तेरहवीं-चौदहवीं शताब्दी से थे। अठारहवीं शताब्दी तक इंग्लैंड में 500 'ग्रामर स्कूल्स' थे, किंतु इनकी पहुँच जनसामान्य तक नहीं थी। शिक्षा महँगी थी और समाज का आभिजात्य वर्ग ही उसे ग्रहण कर सकता था। वर्ष 1792 में पूरे इंग्लैंड की शालाओं में विद्यार्थियों की संख्या मात्र 40,000 थी! सामान्य वर्ग के लिए 'बच्चे को बाइबल पढ़ते आया, अर्थात् अच्छी शिक्षा मिल गई', ऐसा माना जाता था।

ऐसी पृष्ठभूमि में एंड्रयू बेल नामक शिक्षाविद् ने सन् 1802 के आसपास भारतीय शिक्षा व्यवस्था का अध्ययन करके इंग्लैंड की शालाओं के लिए एक प्रणाली विकसित की, जो आज भी 'मोनिटोरियल सिस्टम' या 'मद्रास सिस्टम' के नाम से जानी जाती है। 'मद्रास सिस्टम' इसलिए, क्योंकि एंड्रयू बेल और जोसफ लंकास्टर ने मद्रास इलाके के एगमोर में शालाओं का अध्ययन करके, यह प्रणाली विकसित की।

इस पद्धति में शिक्षा सस्ती थी। एक ही शिक्षक, विद्यार्थियों के बड़े समूह को सिखाता था। वह कक्षा के 'कक्षा नायकों' (मोनिटर्स-monitors) की मदद लेता था। यह 'कक्षा नायक', उन विद्यार्थियों में से ही होते थे, जो थोड़े तेज रहते थे। ये बच्चे (मॉनिटर्स) अपने समूह के बच्चों को नियंत्रित करते थे। इसे ही

'मॉनिटोरियल सिस्टम' या 'मद्रास सिस्टम' कहा गया।

एंड्र्यू बेल एक निजी शिक्षक (प्राइवेट ट्यूटर) के रूप में अपना कॅरियर बनाना चाह रहे थे। फरवरी 1787 में वे भारत के दक्षिण-पूर्वी किनारे मद्रास में पहुँचे। मद्रास प्रेसीडेंसी में वे दस वर्ष रहे। उन्होंने केरल में देखा कि कुछ विद्यार्थी अपने ही साथ के विद्यार्थियों को पढ़ा रहे हैं। बाद में इस व्यवस्था की और अधिक जानकारी लेने के बाद एंड्र्यू बेल के दिमाग में 'मोनिटोरियल शिक्षा पद्धति' की कल्पना साकार हुई। उन्होंने इंग्लैंड जाकर जोसेफ लंकेस्टर के साथ मिलकर इस प्रणाली की पाठशालाएँ प्रारंभ कीं, जिन्हें जबरदस्त समर्थन मिला और इस प्रकार भारतीय शिक्षा पद्धति पर आधारित शालाएँ इंग्लैंड में चलने लगीं।

और हमें पढ़ाया जाता रहा कि भारत की शिक्षा पद्धति, अंग्रेजों ने खड़ी की!

भारत में ईस्ट इंडिया कंपनी के व्यापार को ज्यादा मजबूत बनाने के लिए ब्रिटेन की संसद् ने एक 'चार्टर अधिनियम' पारित किया। जो '1813 का चार्टर अधिनियम' नाम से प्रसिद्ध है। इस अधिनियम के अनुसार, भारत में ईस्ट इंडिया कंपनी के शासन को जारी रखा गया, अर्थात् इसके अंतर्गत भारत पर ब्रिटेन के राजा की संप्रभुता साबित की गई। चार्टर अधिनियम में मिशनरियों को भारत में जाकर ईसाई धर्म का प्रचार-प्रसार करने की अनुमति दी गई थी।

लोकतंत्र के प्रति अपना प्रेम दिखने के लिए ब्रिटेन की संसद् ने इस अधिनियम के अंतर्गत यह कहा कि 'भारत को शिक्षित करना ब्रिटेन का दायित्व हैं' (अधिनियम के इस एक वाक्य से अंग्रेजों ने यह साबित करने का पूरा प्रयास किया, कि अंग्रेजों के आने से पहले का भारत गँवार और अनपढ़ था), अर्थात् ईस्ट इंडिया कंपनी को कहा गया कि वे शिक्षा पर ज्यादा पैसा खर्च करे तथा इन नेटिवों को (भारतीयों को) 'ठीक से' शिक्षित करे, अब मुद्दा उठा कि शिक्षा किसे देनी है? कौन सी भाषा में देनी है? और कौन सी रचना से (कौन सी सिस्टम से, कौन से विभाग से) देनी है?

भाषा के मामले में अंग्रेजों में ही दो मत थे। एक मत के समर्थक कह रहे थे कि भारतीय भाषाओं में, विशेषकर संस्कृत में भारतीयों को शिक्षा देना चाहिए। इस मत के लोगों ने भारतीय ज्ञान का वैभव देखा था, उन्हें यह मालूम था कि भारतीय

ज्ञान परंपरा इंग्लैंड की ज्ञान परंपरा से कहीं अधिक प्राचीन और समृद्ध है। किंतु इस 'ओरिएंटलिस्ट विचारधारा' के समर्थक अत्यंत अल्पमत में थे। अधिकतर अंग्रेजों को लगता था कि भारतीय लोगों की स्वत: की कोई शिक्षा पद्धति नहीं है। ये तो दकियानूसी और पिछड़े लोग हैं, इन्हें अंग्रेजी में ही शिक्षित करना चाहिए।

इसी बीच वर्ष 1818 में ईस्ट इंडिया कंपनी ने मराठों को हराकर लगभग पूरे देश पर अपना अधिकार जमा लिया था, अब तो इस शिक्षा व्यवस्था को रियासतों को छोड़कर बचे हुए 'ब्रिटिश इंडिया' में लागू करना सरल था। युद्ध का वातावरण भी नहीं के बराबर था। इसलिए ईस्ट इंडिया कंपनी इस व्यवस्था के कार्यान्वयन पर जुट गई।

थॉमस मेकाले

इसके तहत लॉर्ड थॉमस बाबिंग्टन मेकाले (Lord Thomas Babington Macauly) ने 2 फरवरी, 1935 को अपनी रिपोर्ट कंपनी के सुपुर्द की। यह मैकाले के 'मिनट ऑफ इंडियन एजुकेशन' नाम से प्रसिद्ध है। इसके अनुसार, भारतीयों को दी जाने वाली शिक्षा 'कंपनी के व्यापारिक हितों' को देखते हुए ही दी जानी चाहिए। मैकाले के अनुसार, अंग्रेजी उपनिवेश (colony) अगर मजबूत करना है, तो भारतीयों की जड़ों को हिलाना पड़ेगा, उन्हें ब्रिटिश उपनिवेश के रंग में रँगना होगा। मैकाले की यह रिपोर्ट मूलत: पढ़नी चाहिए। इसमें कुल 36 मुद्दों के आधार पर मैकाले अपनी बात रखते हैं। पूरी रिपोर्ट में भारतीयों और भारतीय भाषाओं के बारे में मैकाले अत्यंत तुच्छतापूर्वक और घटिया भाषा में उल्लेख करते हैं। भारतीयों के लिए उन्होंने 'नेटीव' शब्द का प्रयोग किया है। अंग्रेजी जाननेवाला नेटीव, उनकी भाषा में 'लर्नेड नेटीव' है, उन्हीं के शब्दों में कुछ बिंदु—

- All parties seem to be agreed on one point, that

the dialects commonly spoken among the natives of this part of India contain neither literary nor scientific information, and are moreover so poor and rude that, until they are enriched from some other quarter, it will not be easy to translate any valuable work into them. It seems to be admitted on all sides that the intellectual improvement of those classes of the people who have the means of pursuing higher studies can at present be affected only by means of some language not vernacular amongst them.

- I have no knowledge of either Sanscrit or Arabic, but I have done what I could to form a correct estimate of their value. I have read translations of the most celebrated Arabic and Sanscrit works. I have conversed, both here and at home, with men distinguished by their proficiency in the Eastern tongues. I am quite ready to take the oriental learning at the valuation of the orientalists themselves. I have never found one among them who could deny that a single shelf of a good European library was worth the whole native literature of India and Arabia. The intrinsic superiority of the Western literature is indeed fully admitted by those members of the committee who support the oriental plan of education.
- When we pass from works of imagination to works in which facts are recorded and general principles investigated, the superiority of the Europeans becomes absolutely immeasurable. It is, I believe, no exaggeration to say that all the historical

> information which has been collected from all the books written in the Sanscrit language is less valuable than what may be found in the most paltry abridgments used at preparatory schools in England. In every branch of physical or moral philosophy, the relative position of the two nations is nearly the same.

इसी रिपोर्ट के अंतिम भाग में, 34वें बिंदु में, मैकाले ने जो लिखा है, वह भयंकर है। 1947 तक अंग्रेजी शासन इसी विचार के आधार पर चला और दुर्भाग्य से स्वतंत्रता के पश्चात् भी हमारे तत्कालीन राजकर्ताओं ने इसी विचार-प्रवाह को आगे बढ़ाया। क्या हैं ये बिंदु ?

इस 34वें बिंदु में मैकाले लिखते हैं, "हमारे सीमित संसाधनों के साथ पूरे भारत को शिक्षित करना संभव नहीं है। इसलिए हमें एक ऐसा वर्ग तैयार करना चाहिए, जो हमारे और सामान्य नेटवों के बीच दुभाषिए के रूप में काम करे और जो हमारी बातें उनसे करवा ले। यह वर्ग ऐसा होना चाहिए, जिनका खून और रंग भारतीय हो, किंतु मन और मस्तिष्क से वे अंग्रेज हो।"

- In one point I fully agree with the gentlemen to whose general views I am opposed. I feel with them that it is impossible for us, with our limited means, to attempt to educate the body of the people. We must at present do our best to form a class who may be interpreters between us and the millions whom we govern – a class of persons Indian in blood and colour, but English in tastes, in opinions, in morals and in intellect. To that class we may leave it to refine the vernacular dialects of the country, to enrich those dialects with terms of science borrowed from the Western nomenclature and to render them by degrees fit vehicles for conveying knowledge to the great mass of the population.

उन दिनों लॉर्ड विलियम बेंटिक भारत के गवर्नर जनरल थे। 4 जुलाई, 1828 से 20 मार्च, 1835 तक उनका कार्यकाल रहा। अपने कार्यकाल के अंतिम दिनों में उन्होंने लॉर्ड मैकाले के 'मिनट' को स्वीकृति दी। ब्रिटिश पार्लियामेंट से English Education Act 1835 पारित कराया। उन दिनों न्यायालयों में चलनेवाली फारसी भाषा के स्थान पर अंग्रेजी की प्रतिस्थापना की। और उसके बाद भारत की शिक्षा पद्धति का एकमात्र उद्देश्य भारतीयों को अंग्रेजी मानस में ढालना, इतना ही रह गया!

वर्ष 1844 में हेनरी हार्डिंग्स भारत के गवर्नर जनरल बने। ये सेनानी थे। फील्ड मार्शल रह चुके थे। फर्स्ट वायकाउंट हार्डिंग उनकी उपाधि थी, यह जब भारत के गवर्नर जनरल बनाए गए, तब ब्रिटिश सेना उत्तर-पश्चिमी भाग में सिखों से लड़ रही थी। हेनरी हार्डिंग्स ने गवर्नर जनरल का पदभार सँभालने के तुरंत बाद घोषणा की कि 'जिन लोगों ने अंग्रेजी शालाओं से अपना पाठ्यक्रम पूरा किया है, उन सभी को सरकारी नौकरियों में प्राथमिकता दी जाएगी।'

इसके दस वर्ष के अंदर ही, अर्थात् वर्ष 1854 में सर चार्ल्स वुड ने भारत के तत्कालीन गवर्नर जनरल लॉर्ड डलहौजी को एक पत्र लिखा, जिसे 'वुड्स डिस्पेच' या 'वुड का घोषणा-पत्र' कहा जाता है। इसे 'भारत में अंग्रेजी शिक्षा का मैंग्ना कार्टा' भी कहा जाता है। ('मैग्ना कार्टा' या 'ग्रेट चार्टर', यह एक दस्तावेज है, जो 15 जून, 1215 को थेम्स नदी के किनारे किंग जॉन, इंग्लैंड में राजनीतिक स्वतंत्रता के संदर्भ में हस्ताक्षर कर जारी किया था)।

सर चार्ल्स वुड (1800-1885) ब्रिटिश पार्लियामेंट के सदस्य थे। वे 1852 से 1855 तक 'बोर्ड ऑफ कंट्रोल' के अध्यक्ष भी थे। अपने घोषणा-पत्र में उन्होंने भारत में अंग्रेजी शिक्षा के महत्त्व पर जोर दिया। भारत में अंग्रेजी सत्ता ठीक से स्थापित होने में उनका सबसे बड़ा योगदान यह था कि उन्होंने भारतीयों के बीच एक 'अंग्रेजी वर्ग' (इंग्लिश क्लास-पूर्णत: अंग्रेजी मानसिकता का भारतीय वर्ग) का निर्माण किया, जो अंग्रेजो और अंग्रेजी शासन के प्रति अत्यधिक वफादार था।

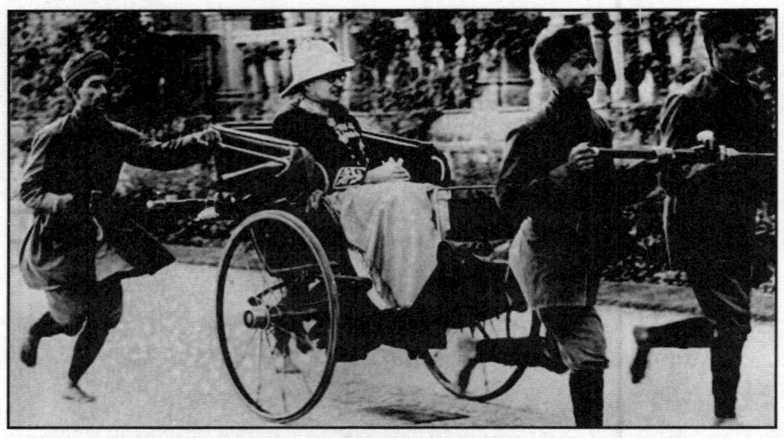

इन सबके चलते अंग्रेजी भाषा, अंग्रेजी साहित्य का प्राबल्य हुआ। पुरानी चलती आ रही भारतीय शिक्षा पद्धति को दकियानूसी माना जाने लगा। धीरे-धीरे थोड़ी-बहुत बची हुई गुरुकुल परंपरा समाप्त होती गई। अत्यंत सुंदर विकेंद्रित व्यवस्था के अंतर्गत, गाँवों में चलाई हुई पाठशालाएँ बंद होती गईं और उनके स्थान पर अंग्रेजी शालाएँ खुलती गईं!

अर्थात् भारत में स्वतंत्र विकसित, प्राथमिक शिक्षा की प्रणाली इंग्लैंड ने अपनाई और हमारी विकेंद्रित शिक्षा पद्धति को नष्ट करके हम पर अंग्रेजी शिक्षा प्रणाली थोप दी!

□

6

अंग्रेजों का 'न्यायपूर्ण' शासन?

ज्ञात इतिहास में भारत पर आक्रांताओं के रूप में आनेवालों में शक, हूण, कुषाण, मुसलमान, डच, पुर्तगाली, फ्रांसीसी, अंग्रेज आदि प्रमुख हैं। इनमें से सबसे ज्यादा समय तक भारत के विभिन्न हिस्सों पर शासन किया विभिन्न मुसलिम वंशो ने। ये लोग अत्यंत क्रूर तथा वीभत्स थे। भारतीयों को इन्होंने जो यातनाएँ दी हैं, उसकी मिसाल कहीं अन्य मिलना कठिन है। विजयनगर के सम्राट् राजा रामराय का सिर काटकर उसे बहती नाली के मुहाने पर लगानेवाले यही हैं। छत्रपति संभाजी महाराज की आँखें फोड़कर, उनकी चमड़ी उधेड़कर, उनको बर्बरतापूर्वक मारनेवाले भी यही हैं। भाई मतिदासजी को आरी से चीरकर मारनेवाले और गुरु तेगबहादुरजी का सिर कलम करनेवाले भी यही है। गुरु गोविंद सिंहजी के पुत्रों को दीवार में चुनवाकर मारनेवाले भी यही हैं।

इसलिए जब अंग्रेज व्यापारी के रूप में आए और शासक बन गए, तो भारतीयों को वह मुसलिम शासकों की तुलना में अच्छे लगे। प्रारंभ में अंग्रेज शासकों ने मुसलिम शासकों जैसी क्रूरता और पाशविकता नहीं दिखाई, इसलिए 'अंग्रेज अच्छे' की धारणा बनती गई। उस पर अंग्रेजों ने जो शिक्षा व्यवस्था बनाई, उससे अंग्रेजों का गुणगान होता रहा। 'भारत जैसे पिछड़े देश को सुधारकर अंग्रेज उसका भला ही कर रहे हैं', यह धारणा निर्माण की गई। दुर्भाग्य से स्वतंत्रता के बाद भी जो पाठ्यक्रम बनाया गया, उसने इसी धारणा को बल दिया!

किंतु अंग्रेज क्या वास्तव में भारत को सुधारने का उच्चतम ध्येय लेकर आए थे? क्या अंग्रेज सच्चे लोकतंत्र को माननेवाले, न्याय के पुजारी थे? अंग्रेज न्यायप्रिय थे, शांतिप्रिय थे, सभ्य थे, सुसंस्कृत (कल्चर्ड) थे, ऐसा उनके बारे में लिखा गया है। अनेक बार कहा गया है। किंतु सच क्या है? अंग्रेजों का असली चेहरा कौन सा था? अंग्रेजों की इस गढ़ी हुई प्रतिमा के बिल्कुल विपरीत।

सन् 1757 में प्लासी के युद्ध में जीत के बाद, अंग्रेजों का बंगाल पर शासन करने का रास्ता खुल गया। 1765 के बक्सर युद्ध के बाद अधिकृत रूप से ईस्ट इंडिया कंपनी बंगाल से राजस्व वसूल करने लगी।

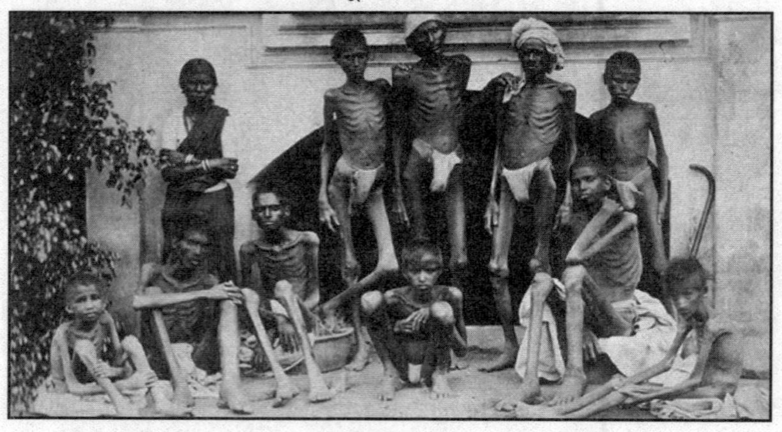

अगले चार वर्षों में ही बंगाल में भीषण अकाल पड़ा। उस समय की बंगाल की जनसंख्या का लगभग एक तिहाई हिस्सा, अर्थात् एक करोड़ भारतीय इस अकाल में मारे गए। ये मौतें भुखमरी और अंग्रेजों द्वारा की गई ज्यादतियों के कारण हुई थीं। इस अकाल में जनता को बचाने या बाहर निकालने के कोई प्रयास अंग्रेजों ने नहीं किए। उलटे जो गरीब किसान जीवित थे, उनके साथ बड़ी ही सख्ती से राजस्व की वसूली की गई।

अमेरिका के एक लेखक हैं माइक डेविस। लेखक के साथ ही वे राजनीतिक कार्यकर्ता भी हैं। अनेक सम्मान प्राप्त डेविस यूनिवर्सिटी ऑफ कैलिफोर्निया में क्रिएटिव राइटिंग विभाग में प्रोफेसर हैं। इनकी एक चर्चित पुस्तक है—'लेट विक्टोरियन होलोकॉस्ट : अल निनो फेमाइन्स एंड द मेकिंग ऑफ द थर्ड वर्ल्ड'।

सन् 2001 में प्रकाशित इस पुस्तक में उन्होंने भारत में पड़े अकाल के बारे में भी लिखा है। वे लिखते हैं, "सन् 1770 से 1890 के बीच के एक सौ बीस वर्षों में भारत में 31 बड़े अकाल पड़े और उसके पहले पूरे दो हजार वर्षों में बड़े अकालों की संख्या हैं मात्र 17!'

अर्थात् अंग्रेजों ने अकाल से लड़ने के लिए प्रबंध तो किए ही नहीं थे, उलटे भारतीयों के परंपरागत पद्धतियों को नष्ट किया, जो प्रकृति पर आधारित थी और अकाल पड़ने से बचाने का काम करती थी। ऊपर से ऐसी विषम परिस्थिति में भी अंग्रेजों की क्रूरता सामने आ रही थी। गरीबों से, किसानों से बड़ी ही बेरहमी के साथ राजस्व वसूला जा रहा था।

माइक डेविस के अनुसार 1876 से 1878, इन तीन वर्षों में बॉम्बे और मद्रास प्रेसीडेंसी में पड़े अकाल में 60 से 80 लाख भारतीयों की मौत हुई। कुछ ही वर्षों बाद 1896-1897 में फिर बॉम्बे, मद्रास प्रेसीडेंसी के साथ संयुक्त प्रांत और बंगाल में भी अकाल पड़ा। उसमें पचास लाख से ज्यादा लोग मारे गए। यही कहानी 1899-1900 के बॉम्बे प्रेसीडेंसी और सी.पी. बेरार के अकाल में दोहराई गई।

संक्षेप में अंग्रेजी शासन में अकाल पड़ने का क्रम चलता रहा, किंतु अंग्रेजों ने अपनी पाशविक नीति में कोई बदलाव नहीं किया। ईस्ट इंडिया कंपनी से शासन की बागडोर सीधे रानी विक्टोरिया के हाथों में आ गई, लेकिन अंग्रेजों की क्रूरता कम होने के बजाय बढ़ती ही गई।

1943 के आने तक परिदृश्य काफी बदल चुका था। द्वितीय विश्वयुद्ध अपने चरम पर था। तीस लाख से ज्यादा भारतीय सैनिक, अंग्रेजों के साथ कंधे से कंधा मिलाकर दुनिया के विभिन्न स्थानों पर दुश्मनों से लड़ रहे थे। यह बंगाल

के अकाल का वर्ष था। यह भीषण अकाल था। लोग दाने-दाने को मोहताज हो रहे थे, उन दिनों विंस्टन चर्चिल इंग्लैंड के प्रधानमंत्री थे। उन्होंने बंगाल का बचा खुचा अनाज, जहाज भर-भरकर युगोस्लाविया पहुँचाया अपने सैनिकों के लिए! इस अकाल में तीस लाख से ज्यादा भारतीयों की मौत हुई थी। इस पर चर्चिल की ने कहा था, "मैं भारतीयों से घृणा करता हूँ। वे जानवरों जैसे लोग हैं, जिनका धर्म भी पशुओं जैसा ही है। अकाल उनकी अपनी गलती थी, क्योंकि वे खरगोशों की तरह जनसंख्या बढ़ाने का काम करते रहे।"

इंग्लैंड में पार्लियामेंट के सदस्य रहे, इतिहासकार विलियम टॉरेन (William Torren) ने एक पुस्तक लिखी है, 'एंपायर इन एशिया' (Empire in Asia)। इस पुस्तक में अवध के नवाब सुजाऊद्दौला के मरने के बाद (अर्थात् सन् 1775 के बाद) अंग्रेजों ने उसकी बेगमों को कितनी पाशविकता से लूटा, उसका चित्रण है (पृ. 126-128)। मजेदार बात यह कि सुजाऊद्दौला ने अपनी इन बेगमों की व्यवस्था बड़े ही विश्वास के साथ अंग्रेजों को सौंपी थी। इसलिए इस लूट/डकैती को संवैधानिक चोला पहनाने के लिए अंग्रेजों ने तत्कालीन प्रधान न्यायाधीश सर एलाइजाह इंपे को भी इसमें शामिल किया। इन न्यायाधीश महोदय ने कलकत्ता से आकर फैजाबाद की विधवा बेगमों पर काशी नरेश चेत सिंह के साथ मिलकर अंग्रेजों के विरोध में युद्ध छेड़ने का झूठा आरोप लगाया, फिर फैजाबाद के महलों को अंग्रेजों ने घेर लिया। बेगमों से कहा गया, "आप कैदी हैं, अपने तमाम जेवर, सोना, चाँदी, जवाहरात हमें दे दीजिए।" बेगमों के मना करने पर उनके नौकरों को तड़पा-तड़पाकर मारा गया और उन्हें भूखा रखा गया। भयंकर यातनाएँ दी गईं। बेगमों को पानी तक पीने की इजाजत नहीं थी।

अपने नौकरों की क्रूरतापूर्ण मृत्यु देखकर फैजाबाद की बेगमों ने पिटारे भर-भरकर रखा हुआ अपना सारा खजाना अंग्रेजों को सौंप दिया। उन दिनों उसकी कीमत एक करोड़ बीस लाख रुपयों से भी ज्यादा आँकी गई थी। पूरे भारत में ऐसी सैकड़ों घटनाएँ मिलती हैं, जिनमें अंग्रेजों द्वारा की गई लूट और डकैती के प्रत्यक्ष प्रमाण उपलब्ध हैं। ये सारी घटनाएँ अंग्रेजों के न्यायप्रियता की धज्जियाँ उड़ाती हैं।

ईस्ट इंडिया कंपनी के एक अफसर हेनरी थॉमस कोलब्रुक (Henry Thomas Colebrook) ने 28 जुलाई, 1788 को एक पत्र अपने इंग्लैंड में रहनेवाले पिता को लिखा। 'भारत में अंग्रेजी राज' पुस्तक लिखनेवाले सुंदरलालजी ने इस पत्र को, अपने पुस्तक में उद्धृत किया है। कोलब्रुक लिखते हैं—"मिस्टर हेस्टिंग (गवर्नर जनरल वॉरेन हेस्टिंग) ने इस देश को ऐसे कलेक्टर और जजों से भर दिया है, जिनके सामने एकमात्र लक्ष्य धन कमाना है। ज्यों ही ये गिद्ध मुल्क के ऊपर छोड़े गए, उन्होंने कहीं कोई बहाना बनाकर और कहीं बिना बहाने के भारतवासियों को लूटना शुरू कर दिया।"

बाद में संस्कृत के विद्वान् बने कोलब्रुक आगे लिखते हैं, "वॉरेन हेस्टिंग की कूटनीति और उसके निर्लज्ज विश्वासघात का प्रभाव केवल राजाओं और बड़े लोगों पर ही नहीं पड़ा। जमींदारों की जमींदारियाँ छीन लेना, बेगमों को लूटना, रूहेलों का निर्वंश कर डालना, ये सब तो एक बार भूले जा सकते हैं, पर जो अत्याचार उसने गोरखपुर में किए, वे सदा के लिए ब्रिटिश जाति के नाम पर कलंक रहेंगे।"

सुंदरलालजी ने अपने 'भारत में अंग्रेजी राज' पुस्तक में इस विषय पर विस्तार से लिखा है।

गोरखपुर के इन अत्याचारों के विषय में 'हिस्टरी ऑफ ब्रिटिश इंडिया' पुस्तक में इतिहासकार जेम्स मिल लिखता है कि सन् 1778 में वॉरेन हेस्टिंग ने अपने एक अफसर कर्नल हैनेवे (Col Hannay) को कंपनी की नौकरी

से निकालकर अवध के नवाब के यहाँ भेज दिया। नवाब पर दबाव डालकर बहराइच और गोरखपुर जिलों का दीवानी और फौजी शासन कर्नल हैनेवे के आधीन कर दिया। जेम्स मिल आगे लिखता है—"यह पूरा क्षेत्र नवाब के शासन में खूब खुशहाल था, किंतु कर्नल हैंनेवे के अत्याचारों के कारण तीन साल के अंदर यह पूरा क्षेत्र वीरान हो गया।"

इस घटना का विस्तार से वर्णन किया है सैयद नजमूल रझा रिजवी ने, 'Gorakhapur Civil Rebellion in Persian Historiography' पुस्तक में। इस कर्नल हैनेवे के विरोध में गोरखपुर में बड़ा जनांदोलन खड़ा हुआ, जिसे अंग्रेजों ने 'विद्रोह' का नाम दिया और बाद में इसे बड़ी नृशंसता से कुचला गया।

गोरखपुर जिले का राजस्व पूरा वसूलने पर उन दिनों छह से आठ लाख रुपए वार्षिक होता था, किंतु कर्नल हैनेवे ने सन् 1780 मे, बड़ी निर्दयता से इस जिले से 14,56,088 रुपए वसूले, अर्थात् प्रतिवर्ष के राजस्व से लगभग दोगुना! किस बर्बरता के साथ गरीब किसानों को यातनाएँ देकर उसने इतने रुपए वसूले होंगे, यह हम समझ सकते हैं। जमींदारों को राजस्व का 20 प्रतिशत मिलता था अपने क्षेत्र में व्यवस्थाएँ बनाए रखने के लिए। यह लगभग डेढ़ लाख रुपए होता था, किंतु कर्नल हैनेवे ने साढ़े चौदह लाख वसूल कर जमींदारों के हाथों टिकाए मात्र पचास हजार रुपए!

यह पूरा राजस्व ईस्ट इंडिया कंपनी के खाते में नहीं गया। इन अधिकारियों ने आपस में मिल-बाँटकर खा लिया। गोरखपुर की यह घटना अपवाद नहीं है, पूरे देश में यही स्थिति थी। पहले बंगाल और सन् 1818 के बाद सारे देश में अंग्रेजों का प्रशासन कमोबेश ऐसा ही रहा। इस अन्याय पर कोई सुनवाई नहीं थी और यदि बार-बार न्याय के लिए अर्जी लगाई तो सुनवाई का नाटक होता था और सारे अंग्रेज अफसरों को निर्दोष करार दिया जाता था।

1857 के क्रांति युद्ध में अंग्रेजों की निर्दयता

एक ब्रिटिश आर्मी ऑफिसर ने 'द टाइम्स' में लिखा—"We have the power of life and death in our hands, and I assure you, we spare not. A very summary trial is all that takes place."

(भारतीयों को जीवन या मृत्यु देने की ताकत हमारे हाथों में थी और मैं आपको आश्वस्त करता हूँ, हमने किसी को नहीं बख्शा, हम तत्काल निर्णय लेते थे।)

गंगा के मैदान में क्रांति युद्ध में सम्मिलित सैनिकों को मारते हुए कमांडिंग ऑफिसर जेम्स नेल (James Neill) आगे बढ़ रहा था। उसकी आज्ञा अत्यंत साफ थी, स्पष्ट थी। 'अलाहाबाद के आजूबाजू के संपूर्ण प्रदेश को 'सेटल' करने की उसकी आज्ञा थी।' उसके शब्द थे—"All the men inhabiting them (certain named villages) were to be slaughtered". (अर्थात्, 'उन तमाम गाँवों के सभी पुरुषों को पूर्णतः खत्म करो, जिन गाँवों में 'विद्रोह' के सिपाही थे।')

'लंदन टाइम्स' का पत्रकार विलियम हार्वर्ड रसेल, जो 1858 में भारत में था, वह जेम्स नेल की रेजीमेंट के साथ चल रहा था। उसने लिखा है—"जो भी भारतीय पुरुष सामने दिखता था, अंग्रेज उसे मार डालते थे। बाद में तो 'गोली व्यर्थ क्यों गँवाना' ऐसा सोचकर अंग्रेज सिपाही रास्ते में पड़नेवाले सभी गाँवों के पुरुषों को पेड़ पर लटकाकर खत्म करते थे। रास्ते के सारे पेड़ झूलती हुई लाशों से पटे पड़े थे।"

जे.डब्ल्यू. काये (J.W. Kaye) ने 1857 के स्वतंत्रता युद्ध का इतिहास, 'सेपॉय वॉर' (Sepoy War) नाम से लिखा है। इसमें काये लिखते हैं—"अंग्रेजों ने अनेक गाँव उसमें रह रहे लोगों के साथ जलाकर राख कर दिए। अनेक स्थानों पर की गई क्रौर्य की यह पराकाष्ठा थी।"

इस स्वतंत्रता संग्राम को 150 वर्ष होने के उपलक्ष में लंदन से प्रकाशित 'द गार्जियन' में उनके दिल्ली के प्रतिनिधि रणदीप रमेश का आलेख छपा है, 'India's secret history : A holocaust, one where millions disappeared...' 24 अगस्त, 2007 को छपे इस आलेख में रणदीप रमेश ने लिखा है कि 1857 के क्रांति युद्ध से बौखलाए अंग्रेजों ने लगभग 10 वर्ष तक, क्रौर्य से भरा एक जबरदस्त अभियान छेड़ा, जिसका उद्देश था, कि किसी भी भारतीय व्यक्ति में यह हिम्मत ही न रहे कि वह अंग्रेजों के विरोध में कुछ करने का सोच भी सके। इतनी भयंकर दहशत भारतीयों से मन–मस्तिष्क में भर देना।

मुंबई के इतिहासकार अमरेश मिश्रा को उद्धृत करते हुए रणदीप रमेश ने लिखा है कि 1857 के बाद, अगले दस वर्ष तक अंग्रेजों ने लगभग एक करोड़ भारतीयों की नृशंसतापूर्वक हत्या की। इतिहास में उन एक लाख सैनिकों का उल्लेख आता है, जिनको अंग्रेजों ने 'विद्रोह की सजा' के रूप में मृत्युदंड दिया, किंतु उन सामान्य नागरिकों के बारे में इतिहास मौन है, जिन्हें बिना किसी कारण से अंग्रेजों ने निर्दयतापूर्वक मौत के घाट उतारा। यह अंग्रेजों द्वारा सामान्य भारतीयों का किया हुआ नरसंहार था, जो जनता के सामने आना चाहिए।

अमरेश मिश्रा ने अनेक संसाधनों का अध्ययन कर एक करोड़ की हत्याओं का आँकड़ा निकाला है। इन संसाधनों में 'ब्रिटिश लेबर फोर्स रेकॉर्ड्स' प्रमुखता से है।

1857 के क्रांति युद्ध

के लगभग 25 वर्ष बाद मराठी में एक पुस्तक प्रकाशित हुई 'माझा प्रवास'। कोंकण क्षेत्र के गोडसे भटजी ने लिखा हुआ यह यात्रा-वृत्तांत है। 1857-58 के बीच यह गोडसे भटजी अपने चाचा के साथ झाँसी-ग्वालियर क्षेत्र में थे। उन्होंने अंग्रेजों के भयानक अत्याचारों का प्रत्यक्ष अनुभव किया था। उनके अनुसार, झाँसी के आसपास के प्रदेश के लगभग सभी कुएँ स्थानीय लोगों की लाशों से पटे पड़े थे। अंग्रेज गाँव-गाँव जाकर 6 वर्ष के बालक से लेकर तो 60 वर्ष के बुजुर्ग आदमी तक सभी को मार डालते और उनके शव कुएँ में फेंककर चले जाते थे। भारतीयों में दहशत बिठाने का उनका अपना यह तरीका था। पूरे बुंदेलखंड में अंग्रेजों के इस नरसंहार को 'बीज्जन' कहा जाता था। अंग्रेजों ने ऐसे अनेक गाँवों का 'बीज्जन' किया था।

जालियाँवाला बाग का नरसंहार

कुछ गिने-चुने अंग्रेजों का अपवाद छोड़ दे, तो भारत पर राज करने आया हुआ हर एक अंग्रेज सत्ता के नशे में चूर रहता था। भारतीयों के प्रति कुत्ते-बिल्ली जैसा बरताव करना और जनता से कुछ भी वसूलना उन्हें अपना अधिकार लगता था।

सन् 1919 में अमृतसर के जालियाँवाला बाग में जो कुछ हुआ, वह इसी मानसिकता का परिणाम था। जनरल डायर ने वहाँ निहत्थे और निर्दोष भारतीयों

को कीड़े-मकौड़ों जैसा मारा। यह एक भयानक पाशवी नरसंहार था, जिसे ब्रिटिश शासन की अधिमान्यता थी। 1919 की 13 अप्रैल को बैसाखी थी। रविवार का दिन था। रौलेट एक्ट के विरोध में सारे देश में प्रदर्शन हो रहे थे। उसी शृंखला में जालियाँवाला बाग में एक सभा आयोजित की गई थी। बैसाखी और छुट्टी के कारण अमृतसर के आजू-बाजू के लोग भी जालियाँवाला बाग पहुँच रहे थे। धीरे-धीरे यह संख्या पाँच हजार तक पहुँच गई। मैदान में भाषण चल रहे थे और लोग शांति से बैठकर उन्हें सुन रहे थे। लोगों में बच्चे, बूढ़े, महिलाएँ सभी थे। वातावरण में कहीं कोई उत्तेजना या असंतोष नहीं था।

तभी अचानक ब्रिटिश सेना का एक अधिकारी, ब्रिगेडियर जनरल एडवर्ड डायर (मूलतः वह कर्नल था, किंतु अस्थायी रूप से उसे ब्रिगेडियर का पद दिया गया था) हथियारों से सुसज्जित अपनी फौज लेकर मैदान में घुस गया। वह अपने साथ दो तोपें भी लाया था, किंतु जालियाँवाला बाग के आसपास की गलियाँ सँकरी होने के कारण वे तोपें मैदान में नहीं आ सकीं।

सारे सैनिक मैदान के अंदर आते ही बिना किसी सूचना दिए, बिना चेतावनी के जनरल डायर ने शांति से भाषण सुन रहे निहत्थे लोगों पर गोलियाँ बरसाने के आदेश दिए और सारा परिसर गोलियों की आवाज से, उन निरीह और मासूम नागरिकों की चीख-पुकार से थर्रा उठा!

यह इतिहास का शायद सबसे बड़ा हत्याकांड था। सबसे नृशंस, सबसे जघन्य और सबसे वीभत्स भी! हाथों में आग निकलती बंदूकें लिए सैकड़ों सैनिक और सामने निहत्थे, निरीह, निरपराध नागरिक, उन्हें गोलियों से निर्ममतापूर्वक भूना जा रहा था, मानो मच्छर-मक्खी मार रहे हों। मात्र 150 यार्ड से भी कम दूरी से गोलियाँ खत्म होने तक गोलीबारी करने के आदेश थे। विश्व की सारी क्रूरता, सारी पाशविकता, सारी नृशंसता यहाँ पर उतर आई थी।

शशि थरूर ने 'An Era of Darkness' में लिखा है—"इस गोलीबारी के संबंध में कोई पूर्वसूचना नहीं दी गई। जमा हुई भीड़ को 'यह गैरकानूनी है' ऐसा भी नहीं बताया गया। उस भीड़ को शांतिपूर्ण ढंग से मैदान खाली करने के लिए भी नहीं कहा गया। जनरल डायर ने अपने सैनिकों को हवा में गोली चलाने अथवा लोगों के पैरों पर गोली मारने के लिए भी नहीं कहा था। सैनिकों को मिले आदेशानुसार, उन्होंने उन निहत्थे और असहाय लोगों के छाती पर, चेहरे पर दनादन गोलियाँ दागी!"

जख्मी नागरिक तड़पते रहे, पर उन्हें कोई सहायता नहीं मिली। अमृतसर में 24 घंटों का कर्फ्यू लगाया गया, ताकि कोई भी नागरिक इन जख्मी लोगों की सहायता के लिए आगे न आ सके। इस कर्फ्यू का कठोरता से पालन कराया गया। खून के तालाब में पड़े, कराहते जख्मी लोगों को तड़पने के लिए अंग्रेजों ने छोड़ दिया था!

कुल 1650 राउंड की फायरिंग हुई। अधिकृत आँकड़े बताते हैं कि 379 लोगों की मौत हुई। अमृतसर के डिप्टी कमिश्नर कार्यालय में 484 हुतात्माओं की सूची है, किंतु गैर-सरकारी आँकड़ों के अनुसार 1,000 से भी ज्यादा लोग इस हत्याकांड में मारे गए; 2,000 से भी ज्यादा लोग गंभीर रूप से जख्मी हुए।

जिन्हें 'न्यायप्रिय' होने का तमगा दिया गया था, ऐसे अंग्रेजों ने इस जघन्य हत्याकांड का खुलेआम समर्थन किया। जनरल डायर रातोरात इंग्लैंड में हीरो बन गया।

जनरल डायर की इस करतूत पर इंग्लैंड के दोनों सदनों में चर्चा हुई। हाउस ऑफ लॉर्ड्स ने उसे पूर्णतः दोषमुक्त करार दिया। हाउस ऑफ कॉमन्स ने बस एक छोटी सी टिप्पणी करके इतिश्री कर दी। जनरल डायर को मोटी पेंशन मंजूर की गई। जिस 'मोगली' के जनक, नोबल पुरस्कार विजेता, रुडयार्ड किपलिंग को हम सिर पर उठाए रहते हैं, उस किपलिंग ने जनरल डायर का गौरव करते हुए उसे 'भारत को बचानेवाला आदमी' कहा!

मामला इतने पर नहीं रुका, भारत में रह रहे अंग्रेज अधिकारियों को जनरल डायर का यह गौरव पर्याप्त नहीं लगा। उन्होंने एक मुहिम छेड़कर जनरल डायर की क्रूरता का सम्मान करने के लिए निधि संकलन प्रारंभ किया। उन्होंने भारी सी रकम इकट्ठा की—26,317 पाउंड, 1 शिलिंग, 10 पेन्स। यह रकम उन दिनों चौंकानेवाली थी। आज के हिसाब से वह ढाई लाख पाउंड (अर्थात् ढाई करोड़ रुपए) होती है। इस मोटी रकम की थैली बर्बरता के सरताज, जनरल डायर को, हीरे लगी हुई तलवार के साथ ससम्मान भेंट की गई!

और अनेक महीनों की न्यायिक लड़ाई लड़ने के बाद जालियाँवाला बाग हत्याकांड के मृत लोगों के परिजनों को अंग्रेज सरकार ने बड़ी दरियादिली दिखाते हुए हर एक मृत व्यक्ति के लिए 37 पाउंड दिए! अंग्रेजों की क्रूरता के ये कुछ उदाहरण मात्र हैं। काले पानी में भेजकर राजनीतिक बंदियों को भी अमानुष यातनाएँ देना, अच्छे वस्त्र बुननेवाले बुनकरों के अँगूठे काट देना, राजनीतिक बंदियों को बर्फ की सिल्ली पर लिटाकर उनको कोड़े मारना, 1857 के क्रांतियुद्ध में दिल्ली के दरियागंज के पास, 'कूचा चालान' में 1,400 निहत्थे, निर्दोष

नागरिकों की निर्मम हत्या करना, ऐसे अनगिनत प्रसंग बताते हैं कि अंग्रेजों ने बड़ी बर्बरता के साथ भारत पर राज किया।

धर्मांतरण का लक्ष्य

भारत पर राज करने का अंग्रेजों का उद्देश्य मात्र व्यापार करना था या सत्ता का नियंत्रण अपने हाथों में लेना?

यह तो था ही, किंतु इसी के साथ अंग्रेज भारत को पूर्णत: ईसाई बनाना चाहते थे। बिल्कुल वैसे ही, जैसे स्पेन ने लगभग समूचे दक्षिण अमेरिका को ईसाई बना डाला था। अंग्रेजों की सोच कुछ ऐसी थी।

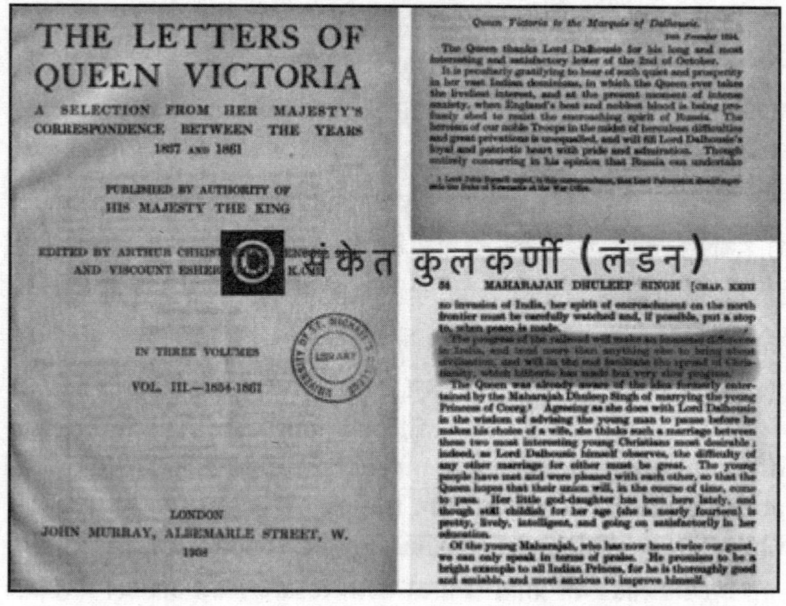

THE LETTERS OF QUEEN VICTORIA

A SELECTION FROM HER MAJESTY'S CORRESPONDENCE BETWEEN THE YEARS 1837 AND 1861

PUBLISHED BY AUTHORITY OF HIS MAJESTY THE KING

EDITED BY ARTHUR CHRIST[illegible] AND VISCOUNT ESHER [illegible]

IN THREE VOLUMES

VOL. III.—1854-1861

LONDON
JOHN MURRAY, ALBEMARLE STREET, W.
1908

Queen Victoria to the Marquis of Dalhousie.

[illegible] *November* 1854.

The Queen thanks Lord Dalhousie for his long and most interesting and satisfactory letter of the 2nd of October.

It is peculiarly gratifying to hear of such quiet and prosperity in her vast Indian dominions, in which the Queen ever takes the liveliest interest, and at the present moment of intense anxiety, when England's best and noblest blood is being profusely shed to resist the encroaching spirit of Russia. The heroism of our noble Troops in the midst of herculean difficulties and great privations is unequalled, and will fill Lord Dalhousie's loyal and patriotic heart with pride and admiration. Though entirely concurring in his opinion that Russia can undertake

54 MAHARAJAH DHULEEP SINGH [CHAP. XXIII

no invasion of India, her spirit of encroachment on the north frontier must be carefully watched and, if possible, put a stop to, when peace is made.

The progress of the railroad will make an immense difference in India, and tend more than anything else to bring about civilisation, and will in the end facilitate the spread of Christianity, which hitherto has made but very slow progress.

The Queen was already aware of the idea formerly entertained by the Maharajah Dhuleep Singh of marrying the young Princess of Coorg. Agreeing as she does with Lord Dalhousie in the wisdom of advising the young man to pause before he makes his choice of a wife, she thinks such a marriage between these two most interesting young Christians most desirable; indeed, as Lord Dalhousie himself observes, the difficulty of any other marriage for either must be great. The young people have met and were pleased with each other, so that the Queen hopes that their union will, in the course of time, come to pass. Her little god-daughter has been here lately, and though still childish for her age (she is nearly fourteen) is pretty, lively, intelligent, and going on satisfactorily in her education.

Of the young Maharajah, who has now been twice our guest, we can only speak in terms of praise. He promises to be a bright example to all Indian Princes, for he is thoroughly good and amiable, and most anxious to improve himself.

14 मई, 2018 को कैंब्रिज यूनिवर्सिटी ने स्टुअर्ट ब्राउन (Stewart J. Brown) का एक पेपर प्रकाशित किया है, जिसका शीर्षक है—'Providential Empire? The Established Church of England and the Nineteenth Century British Empire in India' ('दैवी साम्राज्य? इंग्लैंड के प्रस्थापित चर्च और उन्नीसवीं शताब्दी में भारत में ब्रिटिश राज')

इस पेपर में स्पष्ट तौर पर लिखा है—

In the early nineteenth century, many in Britain believed that their conquests in India had a providential purpose and that imperial Britain had been called by God to Christianise India through an alliance of Church and empire. In 1813, Parliament not only opened India to missionary activity, but also provided India with an established Church, which was largely supported by Indian taxation and formed part of the established Church of England.

(उन्नीसवीं शताब्दी के प्रारंभ में इंग्लैंड को यह विश्वास था कि भारत पर उसकी सत्ता यह दैवी संकेत हैं और इसका ईश्वरी प्रयोजन है। ब्रिटेन को ईश्वर ने आदेश दिया है, चर्च और साम्राज्य की सत्ता की मदद से भारत का ईसाईकरण करने का। 1813 में इंग्लैंड की पार्लियामेंट ने भारत में मिशनरी गतिविधि बढ़ाने के लिए कहा है।)

आगे चलकर 1857 के क्रांति युद्ध के आगे-पीछे विक्टोरिया रानी ने भारत से संबंधित अनेक पत्र लिखे हैं। युद्ध के बाद रानी ने भारत का शासन, ईस्ट इंडिया कंपनी से निकालकर अपने हाथों में ले लिया। इस दौरान रानी ने भारत को ईसाई बनाने के अपने उद्देश्य पर जोर दिया। महाराजा दुलीप सिंह को लिखे एक पत्र में रानी ने यह मंशा स्पष्ट रूप से प्रकट की है। रानी के वाक्य हैं—

The progress of the railroad will make an immense difference in India and tend more than anything else to bring about civilisation and will in the end facilitate to spread of Christianity, which hitherto has made but very slow progress.

" (रेल लाइन की प्रगति से भारत में जबरदस्त बदलाव आएगा। विशेषत: सभ्यता और संस्कृति में, अंतत: इसका उपयोग होगा ईसाइयत के प्रसार में, जो हुआ तो है, पर बहुत धीमी गति से!)

इसलिए अंग्रेजों ने सारे बड़े-छोटे शहरों में ईसाई मिशनरियों को चर्च के लिए और स्कूल-कॉलेज खोलने के लिए बड़े-बड़े भू-भाग दिए। ये सारे व्यवहार फोकट में थे और ये सारी जमीनें मौके के स्थान पर थीं।

अंग्रेजी शासन में पड़े प्रमुख अकाल

क्र.	अकाल का वर्ष	अकाल का क्षेत्र	मारे गए लोग
1.	1769	बंगाल और बिहार	1 करोड़
2.	1837–38	आगरा	8 लाख
3.	1860–61	आगरा का ऊपरी दोआब, दिल्ली, पंजाब, हिसार	20 लाख
4.	1865–67	उड़ीसा, बिहार	45 लाख
5.	1876–78	मद्रास और बॉम्बे प्रेसीडेंसी	55 लाख
6.	1896–97	मद्रास, बॉम्बे प्रेसीडेंसी, संयुक्त प्रांत, सीपी ऐंड बेरार	10 लाख
7.	1899–1900	बॉम्बे प्रेसीडेंसी, सीपी ऐंड बेरार	45 लाख
8.	1943	बंगाल	35 लाख

□

7
लूट सके तो लूट!

1 अक्तूबर, 2019 को वॉशिंगटन डीसी में 'अटलांटिक काउंसिल' विचार समूह (थिंक टैंक) के सदस्यों के सम्मुख बोलते हुए भारत के विदेश मंत्री एस. जयशंकर ने कहा, "अंग्रेजों ने भारत को लगभग दो सौ वर्ष न केवल अपमानित और तिरस्कृत किया, वरन् जी-भरकर लूटा। इस लूट की कीमत आज की दर से 45 ट्रिलियन डॉलर होती है (अर्थात् 45 लाख करोड़ डॉलर या रुपयों में 3,35,68,96,50,00,00,000 रुपए)।

यह लूट पूरे भारत के एक वर्ष के कुल खर्चे से भी ज्यादा है। (सन् 2020-21 के भारत सरकार के राष्ट्रीय बजट में कुल खर्चा 34.50 ट्रिलियन डॉलर दिखाया गया है।)

यह अटलांटिक काउंसिल क्या है?

साठ के दशक में, जब अमेरिका और रशिया के बीच शीतयुद्ध चरम पर था, तब अमेरिका ने 1961 में अपने हितों की रक्षा के लिए एक विचार समूह (थिंक टैंक) बनाया—'अटलांटिक काउंसिल'। मूलतः यह समूह अमेरिका और यूरोपियन देशों के बीच ज्यादा-से-ज्यादा सहयोग बढ़े, इसकी चिंता करने के लिए बनाया गया था। बाद में इस विचार समूह का विस्तार होता गया। आज विश्व के दस स्थानों से इस समूह का कार्य चलता है।

इस विचार समूह ने मंगलवार 1 अक्तूबर, 2019 को वॉशिंगटन डीसी में एक कार्यक्रम रखा था। इस कार्यक्रम में भारत के विदेश मंत्री एस. जयशंकर को

आमंत्रित किया गया था। इस कार्यक्रम में बोलते हुए एस. जयशंकर ने अमेरिका और नाटो के अधिकारियों को खरी-खरी सुनाई थी।

45 ट्रिलियन डॉलर का यह आँकड़ा कहाँ से आया ?

प्रसिद्ध अर्थशास्त्री श्रीमती उत्सा पटनायक ने उपनिवेश के दिनों का गहराई से अध्ययन करके यह निष्कर्ष निकाला है। अमेरिका की कोलंबिया यूनिवर्सिटी ने इस शोध को प्रकाशित भी किया है। श्रीमति उत्सा पटनायक और उनके पति प्रभात पटनायक, दोनों मार्क्सवादी अर्थशास्त्री के रूप में जाने जाते हैं।

श्रीमती उत्सा पटनायक

चाहे उत्सा पटनायक का शोध प्रबंध हो या वर्ष 1901 में दादाभाई नौरोजी द्वारा बताई गई 'ड्रेन थियरी' हो, इतिहासकार विल ड्यूरंट का 'द स्टोरी ऑफ सिविलाइजेशन' पुस्तक में दिया गया सिद्धांत हो या प्रोफेसर अंगस मेडिसन ने दिए हुए आँकड़े हो, यह सब एक ही बात की ओर इंगित करते हैं—190 वर्षों के राज में अंग्रेजों ने भारत को जमकर लूटा। भर-भर कर लूटा। 'एन इरा ऑफ डार्कनेस' पुस्तक की शुरुआत ही शशि थरूर ने 'द लूटिंग ऑफ इंडिया' अध्याय से की है।

शशि थरूर ने जॉन सुलिवन (John Sullivan) को इस संदर्भ में उद्धृत (quote) किया है। जॉन सुलिवन को इतिहास, ऊटी (ऊटकमंड) पर्वतीय पर्यटक स्थल के संस्थापक के रूप में पहचानता है। सन् 1840 में इन जॉन सुलिवन महोदय ने लिखकर रखा है कि "छोटे राज्य समाप्त हुए। व्यापार की दुर्दशा हो गई। रियासतों की राजधानियों की रौनक चली गई। लोग गरीब होते चले गए, किंतु अंग्रेजों की हालत एकदम सुधर गई। अंग्रेज एक स्पंज जैसे हो गए हैं। गंगा के पानी में डुबोना और लंदन के थेम्स नदी में निचोड़ना!"

बंगाल पर कब्जा करने के बाद और पूरे देश पर कब्जा करने के बीच, अर्थात् वर्ष 1765 से 1818 के बीच, अंग्रेजों ने प्रतिवर्ष 18 करोड़ पाउंड भारत से कमाए, अर्थात् कुल 900 करोड़ पाउंड कमाए। उन दिनों यूरोप के बहुत थोड़े ही अमीर-उमराव या राजे-महाराजे ऐसे थे, जो ईस्ट इंडिया कंपनी के संचालकों से भी ज्यादा धनवान थे।

ईस्ट इंडिया कंपनी के जो अधिकारी बहुत ज्यादा धन कमाकर इंग्लैंड वापस लौटते थे, उन्हें 'नबोब' कहा जाता था। भारतीय 'नवाब' के जैसा यह शब्द गढ़ा था एडमंड बर्क ने। कंपनी के अनेक अधिकारी कंपनी की नौकरी करने के साथ ही निजी व्यापार भी करते थे। यह करना एक प्रकार से जायज माना जाता था। प्लासी की लड़ाई जीतकर भारत में अंग्रेजी शासन का प्रारंभ करनेवाले रॉबर्ट क्लाइव ने तो सारे नियम कायदे ताक पर रखकर खूब संपत्ति बटोरी और इंग्लैंड में आलीशान महल बनवाए। पहली बार जब वह इंग्लैंड गया, तब वह 2 लाख 34 हजार पाउंड (आज के भाव से इसकी कीमत 2 करोड़ 30 लाख पाउंड से भी ज्यादा होगी) लेकर गया। दूसरी बार सन् 1765 से 1767 तक वह भारत में रहा और इंग्लैंड वापस जाते समय 4 लाख पाउंड से भी ज्यादा की संपत्ति लेकर गया। इन पैसों से उसने अपने पिता के लिए और खुद के लिए इंग्लैंड के संसद् में स्थान सुनिश्चित किया। उसने खूब सारी जमीन खरीदी और उस जमीन, यानी 'काउंटी क्लेयर इस्टेट' को 'प्लासी' नाम दिया।

यह तो आधिकारिक रूप से इंग्लैंड में ले जाई गई संपत्ति के आँकड़े हैं, किंतु चोरी-छिपे कितने हीरे, कितना सोना, कितनी प्राचीन दुर्लभ मूर्तियाँ भारत के बाहर गईं, इसकी कोई गिनती ही नहीं है। आज बड़ी संख्या में जो प्राचीन भारतीय मूर्तियाँ विदेशों के विभिन्न संग्रहालयों में या अनेक धनवानों के निजी संग्रह में दिखती हैं, उन में से अधिकतम अंग्रेजी शासन के दौरान ही भारत से बाहर गई हैं।

जो भूभाग अंग्रेजों के सीधे नियंत्रण में नहीं था या जहाँ राजे-रजवाड़ों का शासन था, रियासतें थीं, वहाँ पर अंग्रेजों ने उन राजाओं से जबरदस्त 'प्रोटेक्शन मनी' (आज की भाषा में 'गुंडा टैक्स') वसूला, अगर प्रोटेक्शन मनी नहीं दिया, तो उस राज्य/रियासत में तैनात अंग्रेज फौज उस राजा के विरोध में युद्ध के लिए तैयार हो जाती थी।

सन् 1826 में अपनी मृत्यु से कुछ दिन पहले बिशप रेजीनाल्ड हेबर ने लिखा कि "हम (अंग्रेज) जितना कर वसूलते हैं, उतना कोई भी भारतीय राजा नहीं वसूलता और पहले भी नहीं वसूला था।" बंगाल में शासन में आने के मात्र 30 वर्षों में जमीन का राजस्व 8,17,553 पाउंड से बढ़कर 25,80,000 पाउंड तक जा पहुँचा। इसका कारण था, 'अत्यंत क्रूरता और अमानुष पद्धति से वसूला गया कर!' इसके बदले भारतीय किसानों को या छोटे व्यवसायियों को क्या मिला?

कुछ भी नहीं, सिवाय जुलुम जबरदस्ती के!

□

8
अंग्रेज भारत से क्यों और कैसे भागे

मुंबई का नौसेना आंदोलन

द्वितीय विश्वयुद्ध के बाद की परिस्थिति सभी के लिए कठिन थी। ब्रिटेन के तत्कालीन प्रधानमंत्री विंस्टन चर्चिल भारत को स्वतंत्रता देने के पक्ष में नहीं थे। वे अपनी युवावस्था में भारत में रह चुके थे। ब्रिटिश आर्मी में सेकेंड लेफ्टिनंट के नाते वे मुंबई, बंगलौर, कलकत्ता, हैदराबाद आदि स्थानों पर तैनात थे। नॉर्थ वेस्ट फ्रंटियर प्रॉविंस में उन्होंने अफगान पठानों के विरोध में युद्ध भी लड़ा था। 1896 और 1897 दो वर्ष उन्होंने भारत में गुजारे। भारत की समृद्धि, यहाँ के राजे-रजवाड़े, यहाँ के लोगों का स्वभाव यह सब उन्होंने देखा था। यह देखकर उन्हें लगता था कि अंग्रेज भारत पर राज करने के लिए ही पैदा हुए हैं। इसलिए द्वितीय विश्वयुद्ध के समय विंस्टन चर्चिल की ओर से सर स्टेफोर्ड क्रिप्स को भारतीयों का सहयोग प्राप्त करने के लिए भारत भेजा गया। इस क्रिप्स मिशन ने भारतीय नेताओं को यह आश्वासन दिया गया कि युद्ध समाप्त होते ही भारत को सीमित स्वतंत्रता दी जाएगी।

यह आश्वासन को देने के बाद भी चर्चिल भारत से अंग्रेजी सत्ता को निकालना नहीं चाहते थे, किंतु 26 जुलाई, 1945 में ब्रिटेन में आम चुनाव हुए और इस चुनाव में चर्चिल की पार्टी परास्त हुई। क्लेमेंट एटली के नेतृत्व में लेबर पार्टी चुनाव जीत गई। लेबर पार्टी ने भी चुनाव जीतने के पश्चात् भारत को स्वतंत्रता देने की घोषणा नहीं की। किंतु 26 जुलाई, 1945 और 18 जुलाई, 1947

(जब स्वतंत्र भारत के बिल को ब्रिटेन की संसद् ने और राजघराने ने स्वीकृति दी), इन दो तिथियों के बीच तीन बड़ी घटनाएँ घटीं, जिनके कारण अंग्रेजों को यह निर्णय लेने के लिए बाध्य होना पड़ा।

इनमें से पहली घटना थी, 1946 के प्रारंभ में 'शाही वायुसेना' में 'विद्रोह'। जनवरी 1946 में, 'रॉयल एयर फोर्स', जो आर.ए.एफ. के नाम से जानी जाती थी, के जवानों ने असंतोष के चलते जो आंदोलन छेड़ा, उसमें वायुसेना के 60 अड्डों (एयर स्टेशंस) में स्थित 50,000 लोग शामिल थे।

इस आंदोलन की शुरुआत हुई ब्रह्मरौली, अलाहाबाद से। आंदोलन (हड़ताल) के इस समाचार के मिलते ही कराची के मौरिपुर एयर स्टेशन के 2,100 वायु सैनिक और कलकत्ता के डमडम एयर स्टेशन के 1,200 जवान इस आंदोलन के साथ जुड़ गए। इसके बाद यह आंदोलन वायुसेना के अन्य अड्डों पर, अर्थात् कानपुर, पालम (दिल्ली), विशाखापट्टनम, पुणे, लाहौर आदि स्थानों पर फैलता गया। कुछ स्थानों पर यह आंदोलन कुछ घंटों में समाप्त हुआ तो अलाहाबाद, कलकत्ता आदि स्थानों पर इसे समाप्त होने में चार दिन लगे।

दूसरी घटना थी फरवरी 1946 का 'नौसेना विद्रोह!'

घटना के पहले अनेक दिनों से भारतीय नौसेना में बेचैनी थी। इसके अनेक कारण थे। विश्वयुद्ध समाप्त हुआ था। ब्रिटेन की हालत बहुत खराब हो गई थी। आर्थिक व्यवस्था चरमरा गई थी। इस कारण अपनी नौकरी रहेगी या नहीं, यह शंका नौसैनिकों के मन में आना स्वाभाविक था। अधिकारियों तक यह बात पहुँची भी थी, किंतु ब्रिटिश नौसेना से या ब्रिटिश सरकार से इस बारे में स्पष्ट दिशा-निर्देश नहीं दिए गए थे और न ही कोई टिप्पणी की गई थी। नौसैनिकों के वेतन में असमानता, सुविधाओं का अभाव भी कारण थे, लेकिन इससे भी बड़ा कारण था, आजाद हिंद सेना के अधिकारियों पर दिल्ली के लालकिले में चल रहा कोर्ट मार्शल। इससे पहले भी ब्रिटिश सेना ने कलकत्ता में आजाद हिंद सेना के अधिकारियों को मृत्युदंड दिया था। भारतीय सैनिकों की सहानुभूति आजाद हिंद सेना के सेनानियों के साथ थी।

इन सभी बातों का विस्फोट हुआ 18 फरवरी, 1946 को मुंबई की 'गोदी' में, जब किनारे पर खड़ी एच.एम.आई.एस. (हिज मैजेस्टिज इंडियन शिप) 'तलवार' के नौसैनिकों ने निकृष्ट दर्जे के भोजन और नस्लीय भेदभाव के विरोध में आंदोलन छेड़ दिया। उस समय नौसेना के 22 जहाज मुंबई बंदरगाह पर खड़े थे। उन सभी जहाजों को यह संदेश गया और उन सभी जहाजों पर आंदोलन का शंखनाद हुआ। ब्रिटिश अधिकारियों को उनके बॅरेक्स में बंद कर दिया गया और नेताजी सुभाषचंद्र बोस का बड़ा सा चित्र लेकर, हजारों की संख्या में इन नौसैनिकों ने एक 'केंद्रीय नौसेना आंदोलन समिति' बनाई और इस आंदोलन की आग फैलने लगी।

वरिष्ठ पेटी ऑफिसर मदन सिंह और वरिष्ठ सिग्नल मैन एम.एस. खान सर्वानुमति से इस आंदोलन के नेता चुने गए। दूसरे दिन 19 फरवरी को इन नौसैनिकों के समर्थन में मुंबई बंद रही। कराची और मद्रास के नौसैनिकों ने भी आंदोलन में शामिल होने की घोषणा की। 'केंद्रीय नौसेना आंदोलन समिति' के द्वारा एक माँग-पत्र जारी किया गया, जिसमें प्रमुख माँगें थीं—

1. इंडियन नॅशनल आर्मी (INA) और अन्य राजनीतिक बंदियों को रिहा किया जाए।
2. इंडोनेशिया से भारतीय सैनिकों को हटाया जाए।
3. अफसरों के पद पर केवल भारतीय अधिकारी ही रहें, अंग्रेज नहीं।

नौसैनिकों का आंदोलन सारे ब्रिटिश आस्थापनाओं में, जहाँ-जहाँ भारतीय सैनिक तैनात थे, वहाँ फैलने लगा। एडन और बहारीन के भारतीय नौसैनिकों ने भी आंदोलन की घोषणा की। एच.एम.आई.एस. तलवार पर उपलब्ध दूरसंचार उपकरणों की सहायता से आंदोलन का यह संदेश सभी नौसैनिक अड्डों पर और जहाजों पर पहुँचाया जा रहा था।

Hindusthan Standard

INDIAN SAILORS IN REVOLT

SIX HOURS BATTLE WITH BRITISH TROOPS

GRAVE TURN IN R. I. N. MEN'S STRIKE IN BOMBAY

TWENTY SHIPS CAPTURED

Govt. Rushing Strong Naval And Air Reinforcements

"CEASE FIRE" ON BOTH SIDES AFTER CONCLUSION OF TRUCE

POLICE OPEN FIRE ON CROWDS

Trouble In Kalbadevi And Girgaum Area

FIRING ON STRIKERS AT KARACHI

INDIANS RETALIATE WITH NAVAL GUNS

ONE KILLED AND 11 INJURED IN THE DUEL

ULTIMATUM FOR WITHDRAWAL OF MILITARY

THE BATTLE ENDS

Sit-Down Strike Continues

SARDAR SARDUL SINGH

India Govt. Orders Release

एच.एम.आई.एस. तलवार के कमांडर एफ.एम. किंग ने इन आंदोलन करनेवाले सैनिकों को 'संस ऑफ कुलीज एंज बिचेस' कहा, जिसने इन आंदोलन की आग में घी डाला। लगभग बीस हजार नौसैनिक कराची, मद्रास, कलकत्ता, मंडपम, विशाखापट्टनम, अंदमान-निकोबार आदि स्थानों से शामिल हुए।

आंदोलन प्रारंभ होने के दूसरे ही दिन, अर्थात् 19 फरवरी को कराची में भी आंदोलन की ज्वालाएँ धधक उठीं। कराची बंदरगाह में, मनोरा द्वीप पर 'एच.एम.आई.एस. हिंदुस्तान' खड़ी थी. आंदोलनकारियों ने उस पर कब्जा कर लिया।

बाद में पास में खड़ी 'एच.एम.आई.एस. बहादुर' इस जलपोत को भी अपने अधिकार में ले लिया। इन जहाजों से अंग्रेज अधिकारियों को उतारने के बाद ये नौसैनिक मनोरा की सड़कों पर अंग्रेजों के विरोध में नारे लगाते हुए घूमने लगे। मनोरा के स्थानिक रहिवासी भी बड़ी संख्या में इस जुलूस में शामिल हो गए।

वहाँ के स्थानिक आर्मी कमांडर ने बलूच सैनिकों की एक प्लाटून इस तथाकथित 'विद्रोह' को कुचलने के लिए मैदान में उतारी, परंतु बलूच सैनिकों ने गोली चलाने से इनकार किया। बाद में अंग्रेजों के विश्वासपात्र गोरखा सैनिकों को इन आंदोलनकारी सैनिकों के सामने लाया गया, लेकिन गोरखा सैनिकों ने भी गोली चलाने से मना किया।

अंततः संपूर्ण ब्रिटिश सैनिकों की प्लाटून को लाकर इन आंदोलनकारियों को घेरा गया। ब्रिटिश सैनिकों ने इन आंदोलनकारी सैनिकों पर निर्ममतापूर्वक गोली चलाई। जवाब में नौसैनिकों ने भी गोलीबारी की। लगभग चार घंटे यह युद्ध चलता रहा। छह सैनिकों की मृत्यु हुई और तीस घायल हुए। यह समाचार कराची शहर में हवा की गति से फैला, तुरंत श्रमिक संगठनों ने 'बंद' की घोषणा की। कराची शहर ठप्प हो गया। शहर के ईदगाह में 35,000 से ज्यादा लोग इकट्ठा हुए और अंग्रेजों के विरोध में घोषणाएँ देने लगे।

इससे पहले भी 1945 में कलकत्ता में नौसेना के सैनिकों में असंतोष पनपा था, जिसका कारण था, नेताजी सुभाष चंद्र बोस के साथ जानेवाले सैनिकों पर किया गया कोर्ट मार्शल। मुंबई के आंदोलन से कुछ पहले, कलकत्ता में ही रशीद

अली को मृत्युदंड देने के कारण नौसैनिकों में बेचैनी थी, जो मुंबई आंदोलन के माध्यम से बाहर निकली।

इन सैनिकों को 'रेटिंग्स' (Ratings) कहा जाता था। आंदोलन के दूसरे और तीसरे दिन ये सैनिक पूरी मुंबई में लॉरियों में भरकर घूम रहे थे। रास्ते में जो भी अंग्रेज दिखा, उसे पकड़ने का भी प्रयास हुआ। 19 और 20 फरवरी को मुंबई, कलकत्ता और कराची पूरी तरह से ठप हुए थे। सबकुछ बंद था। पूरे देश में, अनेक शहरों में छात्रों ने इन नौसैनिकों के समर्थन में कक्षाओं का बहिष्कार किया।

किनारों पर खड़े कुल 78 जहाज, नौसेना के 20 बड़े तल (नौसैनिक अड्डे) और लगभग 20 हजार नौसैनिक इस आंदोलन में शामिल थे। 22 फरवरी को मुंबई में यह आंदोलन चरम सीमा तक पहुँचा। मुंबई का कामगार वर्ग इन नौसैनिकों के समर्थन में आगे आया, पुनः मुंबई बंद हुई, सारे दैनिक व्यवहार ठप्प हुए। लोकल्स को आग लगाई गई।

जब ब्रिटिश सेना ने वायुसेना को मुंबई भेजना चाहा तो अनेक सैनिकों ने मना कर दिया, फिर आर्मी की एक बटालियन को मुंबई में उतारा गया। तीन दिन तक आंदोलन की यह आग फैलती रही। अंग्रेजी शासन ने इन आंदोलनकारी नौसैनिकों से वार्त्तालाप करने के लिए वल्लभभाई पटेल और जिन्ना से अनुरोध किया। इन दोनों के आश्वासन पर 23 फरवरी, 1946 को आंदोलन करनेवाले नौसैनिकों ने आत्मसमर्पण किया और 18 फरवरी से प्रारंभ हुआ यह नौसेना का आंदोलन शांत हुआ।

कांग्रेस और मुसलिम लीग ने इस आंदोलन का विरोध किया था। इस आंदोलन में ग्यारह नौसैनिक और एक अफसर मारा गया था। सौ से ज्यादा नौसैनिक और ब्रिटिश सोल्जर्स जख्मी हुए थे।

इस आंदोलन के थमने के बाद ब्रिटिश अधिकारियों ने इन आंदोलनकारी सैनिकों पर कड़ाई के साथ कोर्ट मार्शल की काररवाई की। 476 सैनिकों की 'पे एंड पेंशन' समाप्त की। दुर्भाग्य से डेढ़ वर्ष के बाद जब भारत स्वतंत्र हुआ, तब इन निलंबित सैनिकों को भारतीय नौसेना में नहीं लिया गया, इनका अपराध इतना ही था कि आंदोलन करते समय इन सैनिकों ने नेताजी सुभाषचंद्र बोस के चित्र लहराए थे!

जबलपुर में सेना का आंदोलन

मुंबई के नौसैनिकों के आंदोलन से अंग्रेजी शासन दहल गया था। नौसेना में इतना असंतोष होगा और नेताजी सुभाषचंद्र बोस के प्रति सैनिकों में इतना ज्यादा आकर्षण होगा, इसका अंदाज ब्रिटिश हुकूमत को नहीं था। इसलिए भारत में अभी 5–10 वर्ष और रहना या फिर वापस ब्रिटेन चले जाना, इस विषय पर उनमें मंथन चल रहा था। तभी एक और घटना हुई और अंग्रेजों का भारत छोड़ने का निर्णय पक्का हुआ!

जबलपुर में सेना के सिग्नल कोर के जवानों ने आंदोलन छेड़ दिया! मुंबई का आंदोलन शनिवार 23 फरवरी, 1946 को थमा और एक सप्ताह भी गुजरा नहीं कि जबलपुर से समाचार आया, 'सेना के जवानों ने आंदोलन छेड़ दिया है।' अंग्रेज अधिकारियों को बैरकों में बंधक बनाकर रखा है और अस्त्र-शस्त्रों पर कब्जा कर लिया है।

जबलपुर देश के बीचोबीच बसा एक सुंदर सा शहर है। सन् 1818 में मराठों को परास्त कर अंग्रेजों ने जबलपुर में प्रवेश किया था। यहाँ का वातावरण, हरियाली, पहाड़ी और आबोहवा देखकर अंग्रेजों ने यहाँ सैन्यतल बनाने का निर्णय लिया।

सन् 1911 में प्रथम विश्वयुद्ध के प्रारंभ में अंग्रेजों को संचार सेवा की महत्ता समझी थी। उन्हीं दिनों बेतार (Wireless) संचार का आविष्कार हुआ था। इसलिए संचार सेवा के प्रशिक्षण की एक कोर अंग्रेजों ने 15 फरवरी, 1911 को जबलपुर में स्थापन की, जिसे 'Signal Training Centre' नाम दिया गया, तब से आज तक सेना के सिग्नल कोर में आनेवाले प्रत्येक जवान और अधिकारी को प्रशिक्षण के लिए जबलपुर आना ही पड़ता है।

सन् 1946 में जबलपुर में इंडियन सिग्नल कॉर्प्स के दो बड़े केंद्र थे। एक था सिग्नल ट्रेनिंग सेंटर (STC), जिसमें नंबर 1 सिग्नल ट्रेनिंग बटालियन (सेना) और नंबर 2 और 3 सिग्नल ट्रेनिंग बटालियन (तकनीकी) ये तीन यूनिट शामिल थे।

दूसरा था 'इंडियन सिग्नल डेपो एंड रेकॉर्ड्स'। एस.टी.सी. के कमांडेंट थे कर्नल एल.सी. बॉईड और कर्नल आर.टी.एच. गेलस्टन, सिग्नल डेपो एंड रेकॉर्ड्स के कमांडेंट थे। ये दोनों आस्थापनाएँ जबलपुर में स्थित ब्रिगेडियर एच.यू. रिचर्ड्स के आधीन थीं, जो 17 इंडियन इन्फेंट्री ब्रिगेड के प्रमुख थे। उन दिनों जबलपुर का सैन्य क्षेत्र नागपुर मुख्यालय के अंतर्गत आता था। नागपुर के मुख्यालय में बैठे मेजर जनरल एच.एफ. स्किनर इस सारे परिक्षेत्र के प्रमुख थे और उनकी रिपोर्टिंग रहती थी आगरा में स्थित सेंट्रल कमांड प्रमुख को।

संचार प्रशिक्षण के इस मुख्यालय के सैनिकों ने मुंबई का सैनिकी आंदोलन थमने के ठीक चार दिन बाद, अर्थात् बुधवार 27 फरवरी, 1946 को अचानक आंदोलन की घोषणा की। इसकी शुरुआत की नंबर 2 सिग्नल ट्रेनिंग बटालियन की G कंपनी ने, सुबह ठीक 9:20 बजे। इस दिन सुबह 7 बजे की परेड ठीक से हुई, जो सुबह 8.30 बजे समाप्त हुई। इसके बाद जब सब लोग नाश्ता ले रहे थे, तभी लगभग 200 वर्कशॉप ट्रेनी कतार में खड़े होकर घोषणाएँ देने लगे। ये सभी आर्मी यूनिफॉर्म में थे और 'इनकलाब जिंदाबाद' और 'जय हिंद' की घोषणाएँ कर रहे थे। इनमें से कुछ लोगों ने कांग्रेस का झंडा भी उठाया था।

इनके सूबेदार मेजर अहमद खान ने जब इन्हें रोकने का प्रयास किया तो जवानों ने मना किया। खान ने नाश्ता कर रहे अफसरों को टेलिफोन किया, वे भी दौड़े आए। कंपनी कमांडर डी.सी. डेशफिल और ट्रेनिंग ऑफिसर जे. नॉल्स भी पहुँच गए थे, लेकिन ये जवान किसी की भी सुनने के मूड में नहीं थे।

इन जवानों की बुलंद आवाज नंबर 2 सिग्नल ट्रेनिंग बटालियन में पहुँच रही थी, वहाँ के बाकी बचे जवानों को साथ लेकर यह जुलूस नंबर 3 सिग्नल ट्रेनिंग बटालियन पहुँचा, अब तक डेढ़ हजार से ज्यादा जवानों का अनुशासित जुलूस तैयार हो गया था।

इन सबके असंतोष के कारण वही थे, जो मुंबई के नौसैनिकों के थे, इन्हें भी अंग्रेज अफसरों का भारतीय जवानों के प्रति दुर्व्यवहार अखरता था, इन्हें भी नेताजी सुभाषचंद्र बोस की 'आजाद हिंद फौज' के सेनानियों को सजा देना, मृत्युदंड देना मंजूर नहीं था।

ये सभी रेडियो सिग्नल यूनिट के जवान थे। संचार के क्षेत्र में होने के कारण इन सभी को मुंबई में नौसेना के जवानों ने जो हिम्मत दिखाई थी, उसकी जानकारी थी। बाद में इन नौसैनिकों को अपने हथियार ब्रिटिश अफसरों के सामने डालने पड़े थे, यह भी उन्हें मालूम था। इन सबके बावजूद जबलपुर के इन सैनिकों ने आंदोलन छेड़ा था। ये जवान जब रास्तों पर आ गए, तो उनकी संख्या बढ़ने लगी थी। धीरे-धीरे यह 1700 तक जा पहुँची। ये जवान अहिंसक थे, देशभक्ति के, आजाद हिंद सेना के और सुभाष बाबू के नारे लगा रहे थे। इनका प्रिय नारा था—'जय हिंद'!

लगभग 4 दिनों तक यह आंदोलन चला। दूसरे दिन अर्थात् 28 फरवरी, 1946 को सिग्नल डिपो और रिकॉर्ड्स में भी आंदोलन की आग भड़क चुकी थी। लगभग 200 क्लर्कों ने जुलूस की शक्ल में डिपो बटालियन पर धावा बोला। 1946 का फरवरी, 28 दिनों का था। दिनांक 1 मार्च को सिग्नल बटालियन और सिग्नल डिपो के जवानों ने सदर की सड़कों पर नारे लगाते हुए जुलूस निकाला।

2 मार्च को अंग्रेजों ने 'सोमरसेट लाइट इंफेंट्री' को इन आंदोलनकारी जवानों के सामने खड़ा किया। यह पूर्णतः अंग्रेज सिपाहियों की फौज थी। इसे प्रिंस अल्बर्ट की सेना भी कहा जाता था। ठीक दो वर्ष बाद यह सेना दिनांक 28 फरवरी, 1948 को इंग्लैंड वापस लौट गई थी।

सोमरसेट लाइट इंफेंट्री के अंग्रेज सैनिकों को इन आंदोलनकारी सिग्नल्स के जवानों के प्रति सहानुभूति होने का प्रश्न ही नहीं था। उन्होंने अत्यंत बर्बरता से जवानों के इस आंदोलन को कुचला। इस आंदोलन के 8 प्रमुख नेताओं को गोलियों से जख्मी किया, 32 जवान गंभीर रूप से घायल हो गए।

इन आंदोलनकारी जवानों ने स्थानीय कांग्रेस से आंदोलन को समर्थन देने के लिए संपर्क किया था, किंतु उन्हें निराशा हाथ लगी। कांग्रेस के नेताओं ने उनका समर्थन करने से साफ मना किया। उन्होंने आंदोलन कर रहे जवानों से मिलकर, उन्हें तत्कालीन कांग्रेस अध्यक्ष मौलाना आजाद का पत्र दिखाया, जिसमें उन्हें बॅरेक्स में वापस जाकर सामान्य व्यवहार करने के लिए कहा गया था।

3 मार्च, 1946 को एक पत्रकार वार्त्ता में पं. जवाहरलाल नेहरू ने 'जबलपुर विद्रोह' के बारे में कहा—

"There were also some political demands. Such demands should not normally be made on the basis of a strike. We have seen recently strikes by American and British servicemen."

("इनकी माँगों में से कुछ राजनीतिक माँगें भी हैं। ऐसी माँगें आमतौर पर हड़तालों का आधार नहीं होना चाहिए। हमने हाल ही में अमेरिकन एवं ब्रिटिश कर्मचारियों की हड़तालें देखी हैं।")

उन दिनों जबलपुर से 'सेंट्रल असेंबली' में सेठ गोविंददास प्रतिनिधित्व करते थे। जबलपुर का यह आंदोलन जब चल रहा था, तब दिल्ली में 'सेंट्रल असेंबली' का सत्र भी चल रहा था। शुक्रवार, 15 मार्च को सेठ गोविंददास ने यह मुद्दा दिल्ली की सेंट्रल असेंबली में उठाया। सरकार के वॉर सेक्रेटरी फिलिप मेसन ने इस पूरे घटनाक्रम का सरकारी निवेदन किया। उनके अनुसार जबलपुर के इस 'विद्रोह' में 1716 सिग्नल के जवान शामिल थे। इनमें से 35 जवान गंभीर रूप से घायल हुए। इन्होंने गोली चलने की किसी भी घटना से इनकार किया।

3 मार्च, 1946 की रात होते-होते, बचे-खुचे सिग्नल्स के जवान अपने-अपने बैरक में लौट गए और जबलपुर की सेना का यह आंदोलन शांत हो गया।

बाद में 80 जवानों का कोर्ट मार्शल होकर उन्हें पगार और पेंशन से हाथ धोना पड़ा। 41 जवानों को जेल भेजा गया।

लेकिन इसका परिणाम गहरा था, बहुत ज्यादा गहरा। अंग्रेजी हुकूमत ऊपर से नीचे तक हिल गई। नौसेना के आंदोलन से अंग्रेजी हुकूमत को जबरदस्त धक्का अवश्य लगा था, फिर भी उनको लग रहा था कि नौसेना में यदि असंतोष बढ़ता भी है, तो भी वह देश की बाहरी सीमा तक ही सीमित रहेगा, लेकिन यदि थलसेना के किसी भी यूनिट में असंतोष पनपता है तो वह पूरे देश में और देश की सेना में फैलेगा। आज नहीं तो कल हमें वापस इंग्लैंड जाना ही है, किंतु यदि इस प्रकार से सेना में असंतोष पनपेगा, तो हमें बेइज्जत होकर लौटना पड़ेगा और शायद अनेक अंग्रेज अफसरों/जवानों को जीवित वापस लौटना संभव न हो!

इसलिए उस समय के अखंड भारत के आर्मी चीफ जनरल सर क्लॉडे आचिनलेक ने लंदन में अनेक गोपनीय केबल (टेलीग्राम) भेजे। 5 सितंबर, 1946 को उन्होंने स्पष्ट रूप से ब्रिटिश प्रशासन से और प्रधानमंत्री क्लेमेंट एटली से यह आग्रह किया कि जितनी जल्दी हो सके, भारत को सत्तांतरण (Transfer of Power) कर दें!

जनरल वी.के. सिंह ने भारत की स्वतंत्रता में सैन्य शक्ति का योगदान इस विषय पर एक विस्तृत पुस्तक लिखी है—"Contribution of the Armed Forces to the Freedom Movement of India." इस पुस्तक में उन्होंने जबलपुर में सिग्नल्स के जवानों ने किए हुए आंदोलन के महत्त्व को अधोरेखित किया है।

विंग कमांडर (रिटायर्ड) प्रफुल बक्शी ने भी जबलपुर के इस आंदोलन के बारे में विस्तृत लिखा है। वे लिखते हैं—

"There is little information about the mutiny in the Army's Signals Training Centre at Jabalpur, in February 1946. A series of mutinies took place and the British thought it's time to leave. They, in fact, brought Independence forward and left the country in a hurry."

("जबलपुर में फरवरी 1946 के सेना के सिग्नल ट्रेनिंग सेंटर के विद्रोह के बारे में अमूमन बेहद कम जानकारी है, परंतु विभिन्न स्थानों पर हुए इस

सैन्य विद्रोह के कारण अंग्रेजों ने भारत छोड़कर जाने का विचार कर लिया था। वास्तव में इन्हीं कारणों से उन्होंने भारत को तय समय से पहले स्वतंत्र किया और जल्दबाजी में देश छोड़ा।")

Sunday Guardian के 18 अक्तूबर, 2015 के अंक में छपे लेख में नवतन कुमार लिखते हैं—"The Jabalpur mutiny, taking place soon after the naval mutiny, became a matter of grave concern for the British. It is believed that around 40-50 soldiers were court-martialled and dismissed without pay and pension. Many others were sent to prison. The British hushed up the incident and destroyed most records."

("नौसेना में हुए विद्रोह के तुरंत पश्चात् जबलपुर के इस सैन्य विद्रोह ने अंग्रेजों को गंभीर चिंता में डाल दिया था। ऐसा माना जाता है कि जबलपुर के इस विद्रोह में लगभग 40–50 सैनिकों का कोर्ट मार्शल किया गया तथा उन्हें बिना किसी वेतन अथवा पेंशन के सीधे बर्खास्त कर दिया गया था। इसके अलावा कई सैनिकों को जेल भी भेजा गया। अंग्रेजों ने इस घटना को दबा दिया एवं अधिकतम रेकॉर्ड्स नष्ट कर दिए।")

'जबलपुर का यह आंदोलन, जिसने तत्कालीन आर्मी चीफ आचिनलेक को भी सोचने में विवश कर दिया, इतिहास में लुप्त क्यों है ? इसका बहुत ज्यादा उल्लेख नहीं मिलता। इसका कारण है, अंग्रेज इस आंदोलन के समाचार को दबाना चाहते थे। इसलिए सॉमरसेट लाइफ इन्फेंट्री के अंग्रेज अफसरों ने इस आंदोलन को शांत करने के बाद पहला काम किया, तो इस आंदोलन से संबंधित

सभी कागजात/दस्तावेज नष्ट कर दिए। अंग्रेज नहीं चाहते थे कि जबलपुर का यह समाचार सेना के अन्य यूनिट्स में पहुँचे और वहाँ असंतोष निर्माण हो।

स्वाभिमानी और स्वतंत्र रहे गोंडवाना की राजधानी जबलपुर (पुराना नाम गढ़—मंडला) ने अंग्रेजों को तय समय से पहले भगाने के लिए विवश करने में अपनी भूमिका निभाई थी, जो अभी तक इतिहास के पन्नों में कहीं गुम सी हो गई थी!

हाँ, इसलिए अंग्रेज भारत छोड़कर भागे! हमें यह पढ़ाया गया कि हमारी स्वतंत्रता हमने अहिंसक पद्धति से प्राप्त की। 'दे दी हमें आजादी बिना खड्ग, बिना ढाल' जैसे गीत भी बचपन से हमारी मानसिकता को बनाते रहे, परंतु वास्तविकता क्या थी?

महात्मा गांधीजी के नेतृत्व में कांग्रेस ने जो अहिंसक आंदोलन चलाए, उनका महत्त्व निश्चित ही था। जनजागरण के लिए यह आंदोलन उपयोगी सिद्ध हुए। सामान्य व्यक्ति इन आंदोलनों के माध्यम से देश के स्वतंत्रता संग्राम से जुड़ता गया, किंतु क्या अंग्रेज केवल इन आंदोलनों से ही भारत छोड़ने के लिए विवश हुए?

वास्तविकता कुछ और ही चित्र प्रस्तुत करती है!

न्यायमूर्ति फणी भूषण चक्रवर्ती कलकत्ता हाई कोर्ट के न्यायाधीश रह चुके हैं। 1952 से 1958 यह उनका कार्यकाल रहा है। इसी दरम्यान सन् 1956 में, डॉ. हरेंद्र कुमार मुखर्जी के अचानक देहावसान के बाद वे तीन महीने पश्चिम बंगाल के राज्यपाल भी रहे। इन्होंने 30 मार्च, 1976 को लिखे पत्र में उनके राज्यपाल के कार्यकाल का एक अनुभव लिखा है, जो महत्त्वपूर्ण है।

वे लिखते हैं—"जब मैं 1956 में कुछ दिनों के लिए पश्चिम बंगाल का कार्यकारी राज्यपाल बना था, उन्हीं दिनों लॉर्ड क्लेमेंट एटली का कलकत्ता दौरा हुआ। वे दो दिन राजभवन में रहे। द्वितीय विश्वयुद्ध के बाद वे ही ब्रिटेन के प्रधानमंत्री बने थे और उन्हीं के कार्यकाल में भारत को स्वतंत्रता मिली थी। इसलिए मैंने उनसे सीधा प्रश्न किया, 'गांधीजी के नेतृत्व वाला 'भारत छोड़ो आंदोलन' तो 1947 के बहुत पहले ही समाप्त हो गया था। बाद में कोई ऐसी

परिस्थिति भी नहीं बन रही थी, जिसके कारण आप लोग भारत छोड़कर चले जाएँ, फिर ऐसा क्या कारण था कि इतनी जल्दबाजी में अंग्रेजों ने भारत से विदा ली?"

इसके उत्तर में एटली ने अनेक कारण गिनाए। उनमें से दो कारण प्रमुख थे—

1. नेताजी सुभाषचंद्र बोस, उनकी आजाद हिंद फौज और उनके प्रति भारतीय सैनिकों का आकर्षण।
2. ब्रिटिश सेना में हुए विद्रोह।

इनके कारण अंग्रेजों की सत्ता भारत में आमूलचूल हिल गई थी।

"मैंने फिर एटली से पूछा, 'गांधीजी के भारत छोड़ो आंदोलन का अंग्रेजों के जाने में कितना योगदान है?' इसपर मुसकराते हुए एटली कहते हैं, 'नगण्य'!"

न्यायमूर्ति चक्रवर्तीजी का यह अनुभव अपने आप में बहुत कुछ कह देता है।

जनरल वी.के. सिंह ने अपनी पुस्तक, 'The contribution of the Indian Armed Forces to the freedom movement' में लिखा है, 'Though the mutiny at Jubbulpore was at that time not considered as 'serious' as the naval mutiny, its repercussions were immense. The earlier revolts in the RIAF and RIN, though more widespread and larger in scale, did not really worry the British authorities, because the Indian Army, on which they depended for meeting external and internal threats, was still considered reliable, having proved its fidelity during World War II. The mutiny at Jubbulpore was the first major uprising in the Indian Army during or after the war. This set alarm bells ringing from Delhi to London, and doubts began to be expressed on the steadfastness of the Indian Army. Ultimately, it forced Britain to reach a settlement with the political parties and quit India." (pp. 139-140)

["हालाँकि अंग्रेजों ने जबलपुर के इस विद्रोह को उस समय नौसेना विद्रोह के मुकाबले अधिक गंभीरता से नहीं लिया था, परंतु इस विद्रोह के परिणाम बहुत प्रभावशाली थे। इससे पहले RIAF तथा RIN में हुए सैन्य विद्रोह अधिक व्यापक एवं बड़े पैमाने पर हुए थे। परंतु फिर भी अंग्रेज अधिकारी इससे अधिक चिंतित नहीं थे। क्योंकि उनके अनुसार भारतीय सेना, जिस पर वे अंदरूनी एवं बाहरी खतरों का सामना करने हेतु निर्भर थे, अभी भी विश्वसनीय मानी जाती थी, जिन्होंने द्वितीय विश्वयुद्ध के दौरान अपनी निष्ठा साबित की थी। जबलपुर का यह विद्रोह, युद्ध के दौरान अथवा युद्ध के पश्चात् भारतीय सेना के भीतर का सबसे बड़ा विद्रोह था। इसने दिल्ली से लेकर लंदन तक खतरे की घंटी बजा दी थी और इसके बाद ही अंग्रेजों द्वारा भारतीय सेना की दृढ़ता एवं निष्ठा पर संदेह किया जाने लगा। अंततः इसी विद्रोह ने ब्रिटेन को भारतीय राजनीतिक दलों के साथ समझौता करने तथा भारत को छोड़कर जाने के लिए मजबूर करने में अहम भूमिका निभाई।" (पृ. 139-140)]

निकोलस मेनसर्ग (Philip Nicholas Seton Mansergh : 1910–1991) प्रख्यात ब्रिटिश इतिहासकार थे। कॉमनवेल्थ के कारण प्रारंभिक दिनों में उनका भारत से काफी संबंध रहा। इन्होंने भी इसी प्रकार के विचार व्यक्त किए। उनके अनुसार ब्रिटिश भारत छोड़कर गए, क्योंकि उन्हें विश्वास हो गया कि सेना की निष्ठा अब ब्रिटिश हुकूमत पर नहीं बची है। उसमें से भी थलसेना में उपजा हुए असंतोष उनके लिए ज्यादा चिंताजनक था, बनिस्बत नौसेना और वायुसेना के असंतोष से। ये उनके शब्द हैं।

"It is pertinent to remember that one of the compelling reasons for the departure of the British from India was the apprehension that the loyalty of Indian Armed Forces was doubtful. Due to obvious reasons, the staunchness of the Army was more worrisome than that of the other two Services."

("हमें यह स्मरण रखना होगा कि भारत से अंग्रेजों के जाने का सबसे प्रमुख कारण यही था कि उन्हें भारतीय सशस्त्र बलों की वफादारी संदिग्ध लगने

लगी थी। स्पष्ट बात यही है कि अन्य दो सेवाओं के मुकाबले भारतीय सेना की यह वैचारिक दृढ़ता उनके लिए अधिक चिंताजनक बात थी।")

इसीलिए 5 सितंबर, 1946 को ब्रिटिश आर्मी चीफ जनरल आचिनलेक ने ब्रिटिश प्रधानमंत्री को जो पत्र लिखा, उसमें जबलपुर के असंतोष का उल्लेख करते हुए वे लिखते हैं—

"The importance of keeping the Indian Army steady is emphasised. It is the one disciplined force in which communal interests are subordinated to duty, and on it depends the stability of the country. The steadiness of the RIN and the RIAF is of lesser import but any general disaffection in them is likely seriously to affect the reliability of the army."

("हमने सदैव भारतीय सेना को संतुलित एवं दृढ़ रखने पर बल दिया है। यही एकमात्र ऐसा अनुशासित बल है, जिसमें कर्तव्य के आगे सांप्रदायिक भावनाएँ नगण्य हैं तथा यही बात देश की स्थिरता के लिए आवश्यक भी है, हालाँकि RIN तथा RIAF का संतुलन बनाए रखना उतना महत्त्वपूर्ण नहीं है, परंतु इस बल की सामान्य असहमति भी भारतीय सेना की विश्वसनीयता एवं दृढ़ता को गंभीर रूप से प्रभावित करने की संभावना रखती है।")

दिल्ली में 'इंदिरा गांधी सेंटर फॉर फ्रीडम स्ट्रगल स्टडीज' है। इसके डायरेक्टर है प्रो. कपिल कुमार। वे कहते हैं—

"The 1946 revolt in the Royal Navy by Indians was a major reason why India got Independence, apart from the desertions to Netaji's Azad Hind Fauj or the Indian National Army (INA). The British got unnerved as they could no longer depend on their Armed Forces in India. This was the main reason why they decided to quit."

(" 1946 में भारतीय सैनिकों द्वारा रॉयल नेवी में किया गया विद्रोह भारत की स्वतंत्रता प्राप्ति का सबसे बड़ा कारण रहा, इसके अलावा नेताजी की आजाद हिंद फौज की गतिविधियाँ भी प्रमुख कारण रही। अंग्रेज यह सोचकर बुरी तरह

घबरा चुके थे कि अब वे भारतीय सशस्त्र बलों पर निर्भर नहीं रह सकते थे। यही कारण रहा कि उन्होंने जल्दी-से-जल्दी भारत छोड़ने का फैसला कर लिया।")

"द्वितीय विश्वयुद्ध के समय अंग्रेजों को भारत का सहयोग चाहिए था। ब्रिटिश सरकार को लगा कि भारतीयों के स्वतंत्रता आंदोलन के बारे में कुछ करने की आवश्यकता है। इसलिए ब्रिटेन के तत्कालीन प्रधानमंत्री विंस्टन चर्चिल ने मार्च 1942 में युद्ध मंत्रिमंडल के मदस्य सर स्टेफोर्ड क्रिप्स को भारत भेजा। यह क्रिप्स मिशन कहलाता है।

"क्रिप्स ने भारतीय नेताओं को यह प्रस्ताव दिया कि युद्ध के पश्चात् निर्वाचित संविधान सभा का गठन किया जाएगा और भारत को ब्रिटेन के उपनिवेश का दर्जा दिया जाएगा। प्रांतों को नया संविधान स्वीकार या अलग संविधान निर्माण की स्वतंत्रता होगी।"

अर्थात् विश्वयुद्ध के चलते कठिन परिस्थिति में भी ब्रिटिश सत्ता भारत को पूर्ण स्वतंत्रता देने के पक्ष में नहीं थी।

यही सर स्टेफोर्ड क्रिप्स बाद में ब्रिटेन की संसद, अर्थात् 'हाउस ऑफ कॉमन्स' में चर्चा में भाग लेते हुए कहते हैं, "भारतीय सेना ने हमारे अधिकारियों की बात सुनना बंद कर दिया है।" ये ब्रिटिश संसद में बोले गए उनके शब्द हैं—

"...The Indian Army in India is not obeying the British officers. We have recruited our workers for the war; they have been demobilised after the war. They are required to repair the factories damaged by Hitler's bombers. Moreover, they want to join their kith and kin after five-and-a-half years of separation. Their kith and kin also want to join them. In these conditions if we have to rule India for a long time, we have to keep a permanent British army for a long time in a vast country of four hundred million. We have no such army and money..."

("भारत के अंदर भारतीय सेना अब ब्रिटिश अधिकारियों का आदेश नहीं मान रही है; हालाँकि हमने अपने सैनिकों को भी युद्ध के लिए भर्ती किया है, परंतु इस युद्ध ने उन्हें तोड़ दिया है। हिटलर की बमबारी से ध्वस्त हुए कारखानों

को ठीक करने के लिए उनकी आवश्यकता है। इसके अलावा साढ़े पाँच वर्षों से वे अपने निकट परिजनों से दूर रहने के कारण उनसे मिलना चाहते हैं। उनके परिजन भी इन सैनिकों से जुड़ना चाहते हैं। इन परिस्थितियों में यदि हमें भारत पर लंबे समय तक शासन करना हो, तो उस चालीस करोड़ जनसंख्या वाले विशाल देश में अपनी एक स्थायी ब्रिटिश सेना रखनी ही होगी। हमारे पास ऐसी कोई सेना और इतना पैसा नहीं है।")

कांग्रेस ने यह क्रिप्स मिशन ठुकराया और 9 अगस्त, 1942 से 'छोडो भारत' आंदोलन प्रारंभ किया। यह आंदोलन प्रभावी रहा, किंतु ज्यादा चल नहीं पाया। इस आंदोलन के बाद 1947 में भारत स्वतंत्र होने तक कांग्रेस ने कोई बड़ा आंदोलन नहीं छेड़ा था।

अर्थात् ब्रिटिश सत्ता, जो भारत को सहज रूप से नहीं छोड़ना चाहती थी, वह अभी कम-से-कम 5-10 वर्ष, किसी-न-किसी रूप से भारत में रहने की सोच रही थी। उस पर कांग्रेस का या अन्य किसी आंदोलन का दबाव भी नहीं था। तो फिर ब्रिटिश सत्ता ने भारत छोड़ने का निर्णय क्यों लिया?

जनरल वी.के. सिंह ने अपने पुस्तक में इसे स्पष्ट किया हैं। वे लिखते हैं—

"Had the Indian Armed Forces remained staunch, there is little doubt that British rule would have continued for at least another 10 to 15 years. The nationalistic feeling that had entered the heart of the Indian soldier was one of the most important factors in the British decision to grant complete independence to India, and also to advance the date from June 1948 to August 1947."

("यदि भारतीय सैन्य बल अपने लक्ष्य पर कट्टर एवं दृढ़ नहीं रहे होते, तो संभव है कि अंग्रेजों का शासन दस या पंद्रह साल और जारी रहता, परंतु भारतीय सैनिकों के मन में राष्ट्रवाद की मजबूत भावना प्रवेश कर चुकी थी, यही महत्त्वपूर्ण कारण था कि अंग्रेजों ने भारत को पूर्ण स्वतंत्रता देने के निर्णय की तारीख को जून 1948 की बजाय और भी जल्दी, अर्थात् अगस्त 1947 कर दिया।")

"हम घटनाक्रम देखेंगे तो बातें स्पष्ट होती है। जनवरी 1946 में वायु सेना के जवान हड़ताल पर जाते हैं, आंदोलन करते हैं। 18 से 23 फरवरी, 1946 को मुंबई में नौसेना का आंदोलन होता है, फिर तुरंत 27 फरवरी को जबलपुर में थलसेना के सिग्नल्स कोर में आंदोलन होता है। इसको देखते हुए आर्मी चीफ आचिनलेक, 5 सितंबर, 1946 को प्रधानमंत्री एटली को चिट्ठी लिखते हैं कि ब्रिटिश हुकूमत को जल्द-से-जल्द भारत छोड़ना चाहिए। भारत और ब्रिटेन की ब्रिटिश सत्ता को यह विश्वास हो जाता है कि भारत की सेना के सभी अंगों (नौसेना, थलसेना, वायुसेना) के जवानों की निष्ठा अब ब्रिटिश सत्ता के प्रति नहीं रही है। उनके मन में सुभाष चंद्र बोस का आकर्षण कायम रहा है। इसलिए 18 फरवरी, 1947 को ब्रिटिश प्रधानमंत्री क्लेमेंट एटली, लंदन में हाउस ऑफ कॉमन्स में घोषणा करते हैं कि 'ब्रिटन भारत को स्वतंत्रता देने जा रहा है'।"

और अगले माह, अर्थात् 20 मार्च, 1947 को इस सत्ता हस्तांतरण को सुलभ बनाने के लिए लॉर्ड माउंट बेटन दिल्ली पहुँचते हैं। भारत पहुँचने के बाद जनरल आचिनलेक से चर्चा करके वे निर्णय लेते हैं कि भारत को सत्ता का हस्तांतरण, पहले से तय तिथि, अगस्त 1948 के बजाय एक वर्ष पहले, अर्थात् अगस्त 1947 को करना ठीक रहेगा और फिर 15 अगस्त, 1947 यह तिथि तय होती है। अर्थात् भारतीय सैनिकों में जगे 'स्व' के कारण अंग्रेजों को गिरते-भागते भारत छोड़ने पर विवश होना पड़ा!

□

9
विनाशपर्व का अंत

गुरुवार, 23 जून, 1757 को अंग्रेजों ने बंगाल में प्लासी के युद्ध को जीत लिया और पूरा बंगाल उनके कब्जे में आ गया। उस समय का 'पूरा बंगाल', अर्थात् आज का बँगलादेश, पश्चिम बंगाल और बिहार-ओडिशा का कुछ भाग। धीरे-धीरे अंग्रेज अपना राज्य बढ़ाते गए। 3 जून, 1818 को पुणे के पेशवा ने हार मानने के बाद, पंजाब छोड़कर लगभग समूचे हिंदुस्तान पर अंग्रेजों का कब्जा हो गया।

23 जून, 1757 से 15 अगस्त, 1947, अर्थात् कुल 190 वर्ष अंग्रेजों ने भारत पर राज किया। इस पूरे कालखंड में अंग्रेजों ने भारत को जी-भरकर लूटा। एक छोटे से बिंदु के समान इंग्लैंड की एक छोटी सी व्यापार करनेवाली कंपनी 'ईस्ट इंडिया कंपनी' ने इस विशाल अखंड भारत को देखते-देखते निगल लिया और पचा भी लिया। भारत देश अंग्रेजों के लिए सुख, वैभव, ऐश्वर्य, समृद्धि का खजाना था। ऐशोआराम, उपभोग, संपत्ति, रईसी, इन सभी शब्दों के लिए अंग्रेजों के पास पर्यायवाची शब्द 'भारत' था। इन 190 वर्षों के कालखंड में इंग्लैंड दिनोदिन समृद्ध होता गया और किसी समय विश्व में व्यापार और ज्ञान-कौशल के मामले में सर्वश्रेष्ठ भारत कंगाल और गरीब होता गया।

जब अंग्रेजों ने भारत पर राज करना प्रारंभ किया, तब अर्थात् 1757 में वैश्विक व्यापार में भारत की हिस्सेदारी 23 प्रतिशत थी, तो इंग्लैंड की थी मात्र 2.8 प्रतिशत, किंतु 1947 में अंग्रेज जब भारत छोड़कर गए, तब यह आँकड़े

बिल्कुल विपरीत थे। 1947 में वैश्विक व्यापार में भारत की हिस्सेदारी मात्र 3 प्रतिशत रह गई थी, लेकिन छोटे से इंग्लैंड का हिस्सा 17.6 प्रतिशत तक बढ़ गया था!

ऐसा लगा कि 15 अगस्त, 1947 को अंग्रेजों ने आरंभ किया हुआ 'विनाशपर्व' समाप्त हुआ। स्वतंत्रता मिलने के बाद भारत के सामने एक बड़ी चुनौती थी—देश को फिर से एक बार स्वयंपूर्ण रूप से खड़ा करने की। भारत के पास अपने पुरखों की मजबूत धरोहर थी। इसलामी, अंग्रेज, पुर्तगाली और फ्रेंच आक्रांताओं ने इस देश की समृद्ध व्यवस्था को ध्वस्त करने के भरकर प्रयास के बावजूद भारतीय ज्ञान-परंपरा में जबरदस्त जीवटता थी। उसका सहारा लेकर विज्ञान और तकनीकी में प्रगति करते हुए एक नया वैभवशाली भारत निर्माण करना संभव था। उस प्रकार की अनुकूलता भी देश में थी।

देश का विभाजन हुआ था। उस विभाजन के दाहक अंगारों को झेलते हुए आगे बढ़ना था। मुसलमानों को उनका अलग देश मिलने से हिंदू-मुसलिम समस्या समाप्त होनी चाहिए थी। आगे बढ़ने के रास्ते में काँटे बिछने का कोई कारण नहीं था। किंतु ऐसा हुआ नहीं। ऐसा होना भी नहीं था। अंग्रेजों का चलाया हुआ 'विनाशपर्व' अभी समाप्त नहीं हुआ था!

देश की स्वतंत्रता के बाद इस विशाल देश को एक साथ, एकजुट रखते हुए नए भारत के निर्माण के लिए अनेक चीजें करने की आवश्यकता थी, किंतु स्वतंत्रता मिलकर एक वर्ष भी नहीं हुआ था कि महात्मा गांधी की हत्या के झूठे आरोप लगाकर हजारों देशभक्तों को जेल में भेज दिया गया। पैंसठ वर्ष के वीर सावरकरजी को भी स्वतंत्र भारत में कारावास झेलना पड़ा। नेताजी सुभाषचंद्र बोस का नाम तो मानो जैसे प्रतिबंधित ही हो गया था। देश को स्वतंत्रता दिलाने के लिए, अंडमान-निकोबार तक पहुँचकर, उस भू-भाग को स्वतंत्र करनेवाली 'आजाद हिंद सेना' का बहिष्कार हो रहा था।

नया भारत निर्माण करने में सहायक और आवश्यक ऐसे प्रेरणास्पद व्यक्तित्व और प्रतीकों को समाज से दूर रखा गया।

1948 में स्वतंत्र हुए इजराइल के सामने 'देश की भाषा कौन सी होनी चाहिए' यह समस्या थी। इजराइल में पूरे दुनिया से अलग-अलग भाषा बोलनेवाले आप्रवासी ज्यू (यहूदी) आए थे। उनकी स्वयं की भाषा 'हिब्रू', लगभग 2000 वर्ष पहले की स्थिति में थी। बहुत कम ज्यू लोगों को यह भाषा आती थी। लेकिन इजराइल ने अपनी ही हिब्रू भाषा में सभी व्यवहार करने का निश्चय किया। केवल पाँच वर्षों में, अर्थात् 1952-53 तक इजराइल के सभी ज्यू नागरिक हिब्रू भाषा में बोल रहे थे, लिख रहे थे। आज 'सायबर सिक्यूरिटी', ऑप्टिक्स या खेती में नई तकनीकी संबंधी नवीनतम जानकारी चाहिए, तो हिब्रू भाषा आना/समझना आवश्यक है, कारण इन क्षेत्रों में नए शोध हिब्रू भाषा में ही हो रहे हैं।

इजराइल एक छोटा सा देश है, इसलिए उसे यह सब करना आसान हुआ, ऐसा कोई कह सकता है। किंतु भारत जैसे विशालकाय देश को अलग प्रकार की रचना करके, नए भारत के विकास के लिए, 'स्व' पर आधारित अनेक परियोजनाएँ खड़ी करना संभव था। किंतु ऐसा हुआ नहीं। क्योंकि हमने शासन की बागडोर सौंपी थी ऐसे लोगों के हाथों में, जिनकी रीढ़ की हड्डी ही गायब थी!

अंग्रेजों द्वारा बरबाद की गई सब व्यवस्थाएँ फिर से खड़ी करनी थीं। उन्होंने डेढ़ सौ से ज्यादा वर्षों से भारतीय मानसिकता पर जो औपनिवेशिकता का आवरण चढ़ाया था, उसे कुरेदकर निकालना आवश्यक था। उसके लिए

आवश्यकता थी, इस देश की मिट्टी से 'कनेक्ट' होनेवाला शिक्षा विभाग और इस विभाग का नेतृत्व करनेवाले, इस देश की सांस्कृतिक विरासत से जुड़े शिक्षा मंत्री।

स्वतंत्र भारत में हमारे पहले शिक्षा मंत्री कौन थे? मौलाना अबुल कलाम आजाद।

मुसलिम लीग के जिन्ना को टक्कर देने के लिए कांग्रेस ने खड़ा किया हुआ 'पोस्टर बॉय'। पूर्ण रूप से मुसलिम मानसिकता और मुसलिम संस्कारों में विकसित हुआ नेतृत्व! असली नाम—मोहिउद्दीन अहमद। इनके पुरखे बाबर के साथ आक्रांता के रूप में भारत में आए थे। मूलतः अफगानिस्तान के हेरात प्रांत के। 1857 के क्रांति युद्ध के दौरान इनके पिता भागकर मक्का पहुँचे। बाद में वहाँ की स्थानीय महिला से विवाह किया। मौलाना साहब का जन्म भी मक्का का। मुसलिम पद्धति से मदरसों में इनकी शिक्षा हुई। अल-हिलाल और अल-बलाघ, इन दो उर्दू साप्ताहिकों के संस्थापक संपादक। खिलाफत आंदोलन के प्रमुख समर्थक। अलीगढ़ के 'जामिया मिलिया इसलामिया' के संस्थापक सदस्य। और स्वतंत्रता मिलने के बाद, ग्यारह वर्ष तक भारत के शिक्षा मंत्री!

जिनका भारतीय संस्कृति से, आचार-विचारों से, इस धरोहर से कोई संबंध नहीं और यदि है तो केवल ऊपरी, सतही संपर्क, ऐसे व्यक्ति के हाथों हमने स्वतंत्रता के पश्चात् ग्यारह महत्त्वपूर्ण वर्षों तक शिक्षा मंत्रालय सौंपा!

इससे अंग्रेजों ने जो उपनिवेशिक मानसिकता भारतीयों के मन में ठूँस-ठूँसकर भरी थी, उसे दूर करने के प्रयास हुए ही नहीं हुए। साथ ही शिक्षा का प्रवाह इस देश की संस्कृति से, इस देश की ज्ञान-परंपरा से, इस देश की धरोहर से जोड़ने का प्रयास भी नहीं हुआ।

इस देश के पहले वित्त मंत्री कौन थे?

1946 से 1947, अंतरिम सरकार में वित्तमंत्री थे मुसलिम लीग के लियाकत अली खान, जो बाद में पाकिस्तान के प्रधानमंत्री बने, लेकिन स्वतंत्रता के बाद प्रथम वित्त मंत्री बने, आर.के. षण्मुख चेट्टी। पूर्व में कोचीन रियासत के दीवान रह चुके चेट्टी अत्यंत होशियार और कर्तव्यपारायण थे। जस्टिस पार्टी के माध्यम से वे इस सरकार में शामिल हुए थे, लेकिन उनके नेहरू के साथ मतभेद थे। जैसे-तैसे एक वर्ष उन्होंने वित्तमंत्री के रूप में काम सँभाला और 17 अगस्त, 1948 को उन्हें इस्तीफा देने के लिए विवश किया गया।

उनके बाद कमान सँभाली जॉन मथाई ने। वे भी दो वर्ष से ज्यादा नहीं टिक पाए। इस्तीफा देकर वे टाटा संस में निदेशक पद पर वापस चले गए। उनके बाद आए चिंतामणराव देशमुख। अत्यंत प्रतिभाशाली देशमुख अच्छी तरह से काम कर रहे थे, किंतु 'संयुक्त महाराष्ट्र' के विषय में नेहरू की मनमानी कार्यपद्धति और नीति के विरोध में उन्होंने त्याग-पत्र दे दिया। उनकी जगह पर आए, नेहरू के प्रिय टी.टी. कृष्णमाचारी, उन्हें एक ही वर्ष में भ्रष्टाचार के आरोपों के कारण त्याग-पत्र देना पड़ा। उनके बाद अगले डेढ़ वर्ष तक जवाहरलाल नेहरू ने ही वित्त मंत्री का पद सँभाला।

देश की सशक्त पुनर्निर्मिति के लिए आवश्यकता थी, स्पष्ट और मजबूत वित्तीय नीति की। नेहरू ने उसका मजाक बनाया। सोवियत रशिया के आर्थिक नीति से प्रभावित नेहरू ने भारत की अर्थव्यवस्था को चौपट करके रख दिया। एक भी वित्त मंत्री को स्वतंत्र रूप से काम नहीं करने दिया, उलटे उन पर अपनी राय थोपने का प्रयास किया।

देश पर होनेवाले दूरगामी परिणाम, भविष्य के बारे में दूरदृष्टि, भविष्य की योजनाएँ इन सबका नेहरू से कोई संबंध भी था? सारी दुनिया को स्वच्छ और साफ दृष्टि से दिख रहा था कि चीन तिब्बत पर कब्जा करनेवाला है, पर नेहरू को वह नहीं दिख सका। तिब्बत के बाद चीन भारत पर आक्रमण करेगा, ऐसा राष्ट्रीय स्वयंसेवक संघ के तत्कालीन सरसंघचालक श्रीगुरुजी और वीर सावरकर से लेकर सेना के वरिष्ठ अधिकारी भी बता रहे थे, परंतु तब भी नेहरू को वह नहीं दिख सका, वह नेहरू द्रष्टा... ?

स्वतंत्रता प्राप्ति के पश्चात् स्थापित प्रथम राष्ट्रीय मंत्रिमंडल में उद्योग मंत्री थे डॉ. श्यामाप्रसाद मुकर्जी। वे हिंदू महासभा के कोटे से मंत्रिमंडल में शामिल हुए थे। श्यामाप्रसादजी स्वदेशी के प्रबल समर्थक थे। उनकी साफ और स्पष्ट राय थी कि भारत का नवनिर्माण करना है तो सरकारी और गैर-सरकारी सभी संसाधनों का उपयोग किया जाना चाहिए। किंतु नेहरू के दिमाग में सोवियत रशिया का सरकारी मॉडल बिल्कुल फिट बैठा था। इसलिए डॉ. मुकर्जी के, नेहरूजी से मतभेद होने लगे। डॉ. मुकर्जी ने बिहार के सिंदरी में एक उर्वरक कारखाना निर्माण करने की योजना बनाई। बिहार में कोयले के अकूत भंडार को देखते हुए उन्होंने यह उर्वरक कारखाना कोयला आधारित बनाने का निर्णय लिया, किंतु पेट्रो-केमिकल आयात करनेवाली एक खूब बड़ी लॉबी नेहरूजी की मदद से इस प्रस्ताव का विरोध कर रही थी। नेहरूजी स्वतः प्रधानमंत्री होने के कारण स्वाभाविकतः इस लॉबी की जीत हुई। अंततः डॉ. श्यामाप्रसाद मुकर्जी ने 6 अप्रैल, 1950 को मंत्रिमंडल से इस्तीफा दे दिया।

उर्वरक का वह कारखाना आज भी सिंदरी में खड़ा है, किंतु यह चल रहा है, खाड़ी देशों से आयात किए गए पेट्रो-केमिकल्स पर। हमारा देश आज बड़ी मात्रा में इस परियोजना पर विदेशी मुद्रा खर्च कर रहा है।

डॉ. मुकर्जी और तमाम अन्य राष्ट्रीय नेताओं की सलाह को नजरंदाज करके नेहरू ने रशियन आर्थिक मॉडल अपनाया। इसके कारण अत्यंत अनुकूल अवसर सामने होते हुए भी हम ज्यादा प्रगति/विकास नहीं कर सके। दूसरे विश्वयुद्ध में बेचिराख हुए जर्मनी, जापान, फ्रांस जैसे देश हमारे बहुत आगे निकल गए। आखिरकार जब देश को सोना गिरवी रखने की बारी आई, तब 1992 में पहले की आर्थिक नीति पर पूर्णतः यू टर्न मारते हुए हमने मुक्त अर्थव्यवस्था स्वीकार की।

हम सबका दुर्भाग्य था कि हमने देश ऐसे लोगों के हाथों में सौंपा, जिनकी रीढ़ की हड्डी ही गायब थी!

लंदन से प्रकाशित 'द गार्जियन' दैनिक समाचार-पत्र ने वर्ष 2014 में संपन्न हुए लोकसभा चुनाव पर संपादकीय लिखा है। रविवार, 18 मई, 2014

को लिखे इस संपादकीय के वाक्य हैं—

"Today, 18th May, 2014, may well do down in history as the day when Britain finally left India."

("आज, 18 मई, 2014 को एक ऐसी तारीख के रूप में दर्ज किया जा सकता है, जिस दिन अंग्रेज पूरी तरह से भारत से बाहर कर दिए गए।")

इसी में आगे लिखा है—

"India under the Congress party was in many ways a continuation of the British Raj by other means."

(अंग्रेजों के जाने के पश्चात् कांग्रेस का शासन भी कई मायनों में एक तरह से ब्रिटिश शासन की ही निरंतरता थी।)

संक्षेप में, अंग्रेजों का चलाया हुआ 'विनाशपर्व' समाप्त होने के लिए 2014 के वर्ष की प्रतीक्षा करनी पड़ी!

□

संदर्भ

प्रकरण 1/अंग्रेजों का भारत में प्रवेश

1. The East India Company : The Original Corporate Riders– William Dalrymple (article in The Guardian, dated 4th March, 2015)
2. Holte's Blog– Sunday 6 August, 2017
3. The Great Big Book of Horrible Things– Matthew White
4. भारत में अंग्रेजी राज–पंडित सुंदरलाल
5. The Anarchy– William Dalrymple
6. The East India Company: The World's Most Powerful Corporation– Gurcharan Das
7. An Era of Darkness– Shashi Tharoor
8. The Incredible History of Indian Ocean – Sanjeev Sanyal
9. The Ocean of Churn– Sanjeev Sanyal
10. The East India Company: A History from Beginning to End– Henry Freeman

प्रकरण 2/भारतीय नौका उद्योग को समाप्त किया

1. Trade and Subsistence at the Roman Port of Berenike, Red Sea Coast, Egypt– Rene Cappers
2. An Era of Darkness (Inglorious Empire)– Shashi Tharoor

3. Indian Shipping– Radha Kumud Mookerji (वर्ष 1912 में प्रकाशित पुस्तक)
4. India Conquered: Britain's Raj and the Chaos of Empire– John Wilson
5. India's Ancient and Great Maritime History – Stephen Knapp (Blog published on 3rd November, 2015)
6. भारतीय नौकानयनाचा इतिहास–डॉ. द.ग. केतकर
7. Foreign Trade and Commerce in Ancient India– Prakash Charan Prasad
8. The Art of Southeast Asia– Phillip Rawson (1933)
9. Advancements of Ancient India's Vedic Culture– Stephen Knapp
10. The Ocean of Churn: How the Indian Ocean Shaped Human History– Sanjeev Sanyal
11. Considerations on India Affairs– Willam Bolts
12. British Rule in India– Pandit Sunderlal
13. The British in India– David Gilmour
14. The British Raj: The History and Legacy of Great Britain's Imperialism in India and the Indian Subcontinent– Charles River Editors
15. Raj: The Making and Unmaking of British India– Lawrence James

प्रकरण 3/भारत के कपड़ा उद्योग पर गिरि गाज

1. Textile in Ancient India– Lallanji Gopal (Published in Journal of the Economic and Social History of the Orient, vol 4, No. 1, February 1961)
2. Our Oriental Heritage: India and Her Neighbours– Will Durant
3. Cotton as a World Power: Study in the Economic Interpretation of History– James A.B. Scherer

4. History of Cotton Manufacturers– Edward Baines (1835)
5. The Industrial Arts of India– Sir George Birdwood
6. भारतीय वस्त्र परंपरा में औद्योगिक हस्तक्षेप- प्रमोद भार्गव (हिंदी विवेक)
7. Indian Textile Industry in 17th and 18th Centuries: Structure, Organisation and Responses– Kanakalatha Mukund
8. How British destroyed Indian Textile Industry– Shubham Verma in indiafacts.org
9. Considerations of Indian Affairs– William Bolts (1772)
10. The Fabric of India– Rosemary Crill
11. The Story of Dhaka Muslin– Khademul Islam
12. Ancient India's Development in Textiles– Stephan Knapp
13. An Era of Darkness– Shashi Tharoor
14. History of British India– James Mill
15. India and World Civilisation– Prof. D.P. Singhal

प्रकरण 4/भारत की विकसित चिकित्सा पद्धति को नष्ट करने के प्रयास

1. Colonising the Body: State Medicine and Epidemic Disease in Nineteenth-century India– David Arnold (August 1993)
2. Medical History of British India
3. Public Health in British India: A Brief Account of the History of Medical Services and Disease Prevention in Colonial India– Muhammad Umair Mushtaq (January 2009)
4. War Against Smallpox– Michael Bennet

5. The Anarchy– William Darymple
6. An Era of Darkness– Shashi Tharoor
7. 18 वी शताब्दी में भारत में विज्ञान एवं तंत्रज्ञान–धरमपाल
8. Medical Encounters in British India– Deepak Kumar and Raj Sekhar Basu
9. The British in India– David Gilmour
10. The Social History of Health and Medicine in Colonial India– Biswamoy Pati and Mark Harrison

प्रकरण 5/सुव्यवस्थित भारतीय शिक्षा पद्धति को हटाया

1. The British System of Education– Joseph Lancaster (1778–1838)
2. The Practical Parts of Lancaster's Improvements and Bell's Experiments– Joseph Lancaster and Andrew Bell; edited by David Salmon (1932)
3. Improvement in Education, as It Respects the Industrious Classes of the Community– Joseph Lancaster
4. Cambridge Essay's on Education– Arthur Christopher Benson (1919)
5. The Beautiful Tree: Indigenous Indian Education in the Eighteenth Century– Dharmpal
6. Education System in Pre-British India– Ram Swarup
7. A Report on the State of Education in Bengal– William Adam
8. Alternate Perceptions of India: Arguing for a Counter Narrative– Dr. Anirban Ganguly (VIF)
9. British India, Its Races and Its History, Considered with Reference to Mutinies of 1857– John Malcom Ludlow

10. Background of Macaulay's Minute– Elmer H. Cutts (Published in American Historical Review, vol. 58, No. 4, July 1953)
11. Missionaries in India– Arun Shourie
12. Impact of British Raj on the Education System in India: The Process of Modernisation in the Princely States of India– The case of Mohindra College, Patiala– Kanika Bansal (2017)
13. The Tormented Indian Spirit: Redemption or Regression– Bhagini Nivedita
14. The History of British India– James Mill (1848)
15. Sir John Malcolm and the Creation of British India– Jack Harrington (2011)

प्रकरण 6/अंग्रेजों का 'न्यायपूर्ण शासन'?

1. The Bengal Femine: How the British Engineered the Worst Genocide in Human History of Profit– Rakhi Chakraborty
2. Churchill's Secret War: The British Empire and the Ravaging of India during World War II– Madhusree Mukerjee
3. The Forgotten Brutality of the 1857 Mutiny– Rudrangshu Mukherjee (14 August, 2017 rediff.com)
4. British Reaction to Sepoy Mutiny 1857–88 (Thesis submitted to North Texas State University for MA by Samuel Shafeek. August 1970)
5. 'India's Secret History: A 'Holocaust', One Where Millions Disappear'– Randeep Rana (article published in The Guardianon 24h August, 2007)
6. Late Victorian Holocaust– Mike Davis
7. Empire in Asia– William Torren

8. भारत में अंग्रेजी राज-पंडित सुंदरलाल
9. The History of British India– James Mills
10. Bengal: The British Bridgehead: Eastern India 1740–1828– P.J. Marshall
11. 'Gorakhapur Civil Rebellion in Persian Historiography'– Syed Najmul Raza Rizavi (paper published in India History Congress Journal)
12. Sepoy War– J.W. Kaye
13. माझा प्रवास—गोडसे भटजी
14. An Era of Darkness– Shashi Tharoor

प्रकरण 7/लूट सके तो लूट¨

1. The World Economy: A Millennian Perspective– Angus Maddison
2. Contours of the World Economy: 1 to 2030 AD– Angus Maddison
3. The Story of Civilisation (vol. VII)– Will and Ariel Durant
4. Pirates, Loot and East India Company– Holtes Thoughts
5. 'The Great Loot: How Britain Stole $45 Trillion from India'– Aroonima Bhuyan and Capt. Krishan Sharma (article published in IndiaPost on 30 October, 2019)
6. '5 Ways the British Empire Ruthlessly Exploited India'– Manmeet Sahni (article published in teleSUR on 25 April, 2017)
7. An Era of Darkness– Shashi Tharoor

प्रकरण 8/अंग्रेज भारत से कैसे भागे

1. The Contribution of the Indian Armed Forces to the Freedom Movement– Maj. Gen. V.K. Singh

2. Constitutional Relations between British and India: The Transfer of Power 1942–47– Nicholas Mansergh
3. RIN Mutiny 1946: Reference and Guide for All– Biswanath Bose
4. Mutiny of Innocents– B.C. Datta
5. Transfer of Power– V. P. Menon
6. Revisiting Talwar– Dipak Kumar Das
7. The Army of Occupation– Kusum Nair
8. How Gandhi, Patel and Nehru colluded with Brits to suppress Naval Mutiny of 1946– Saraswati Sarkar, Shanmukh and Dikgaj
9. 'Declassify Files on 40s Mutinies, Rewrite History'– Navtan Kumar (An article in Sunday Guardian on 18 October, 2015).
10. 'Fidelity and Honour'– Lt. Gen S.L. Menezes Minute by the T.B. Macaulay, dated the 2 February, 1835.

□

The Macaulay Minutes

[1] As it seems to be the opinion of some of the gentlemen who compose the Committee of Public Instruction that the course which they have hitherto pursued was strictly prescribed by the British Parliament in 1813 and as, if that opinion be correct, a legislative act will be necessary to warrant a change, I have thought it right to refrain from taking any part in the preparation of the adverse statements which are now before us, and to reserve what I had to say on the subject till it should come before me as a Member of the Council of India.

[2] It does not appear to me that the Act of Parliament can by any art of contraction be made to bear the meaning which has been assigned to it. It contains nothing about the particular languages or sciences which are to be studied. A sum is set apart "for the revival and promotion of literature, and the encouragement of the learned natives of India, and for the introduction and promotion of a knowledge of the sciences among the inhabitants of the British territories." It is argued, or rather taken for granted, that by literature the Parliament can have meant only Arabic and Sanscrit literature; that they never would have given the honourable appellation of 'a learned native' to a native who was familiar with the poetry of Milton, the

metaphysics of Locke, and the physics of Newton; but that they meant to designate by that name only such persons as might have studied in the sacred books of the Hindoos all the uses of cusa-grass, and all the mysteries of absorption into the Deity. This does not appear to be a very satisfactory interpretation. To take a parallel case: Suppose that the Pacha of Egypt, a country once superior in knowledge to the nations of Europe, but now sunk far below them, were to appropriate a sum for the purpose 'of reviving and promoting literature, and encouraging learned natives of Egypt', would anybody infer that he meant the youth of his Pachalik to give years to the study of hieroglyphics, to search into all the doctrines disguised under the fable of Osiris, and to ascertain with all possible accuracy the ritual with which cats and onions were anciently adored? Would he be justly charged with inconsistency if, instead of employing his young subjects in deciphering obelisks, he were to order them to be instructed in the English and French languages, and in all the sciences to which those languages are the chief keys?

[3] The words on which the supporters of the old system rely do not bear them out, and other words follow which seem to be quite decisive on the other side. This lakh of rupees is set apart not only for 'reviving literature in India', the phrase on which their whole interpretation is founded, but also 'for the introduction and promotion of a knowledge of the sciences among the inhabitants of the British territories' – words which are alone sufficient to authorise all the changes for which I contend.

[4] If the Council agree in my construction, no legislative act will be necessary. If they differ from me, I will propose a short act rescinding that I clause of the

Charter of 1813 from which the difficulty arises.

[5] The argument which I have been considering affects only the form of proceeding. But the admirers of the oriental system of education have used another argument, which, if we admit it to be valid, is decisive against all change. They conceive that the public faith is pledged to the present system, and that to alter the appropriation of any of the funds which have hitherto been spent in encouraging the study of Arabic and Sanscrit, would be downright spoliation. It is not easy to understand by what process of reasoning they can have arrived at this conclusion. The grants which are made from the public purse for the encouragement of literature differ in no respect from the grants which are made from the same purse for other objects of real or supposed utility. We found a sanitarium on a spot which we supposed to be healthy. Do we thereby pledge ourselves to keep a sanitarium there if the result should not answer our expectations? We commence the erection of a pier. Is it a violation of the public faith to stop the works, if we afterwards see reason to believe that the building will be useless? The rights of property are undoubtedly sacred. But nothing endangers those rights so much as the practice, now unhappily too common, of attributing them to things to which they do not belong. Those who would impart to abuses the sanctity of property are in truth imparting to the institution of property the unpopularity and the fragility of abuses. If the Government has given to any person a formal assurance – nay, if the Government has excited in any person's mind a reasonable expectation – that he shall receive a certain income as a teacher or a learner of Sanscrit or Arabic, I would respect that person's pecuniary interests. I would rather err on the

side of liberality to individuals than suffer the public faith to be called in question. But to talk of a Government pledging itself to teach certain languages and certain sciences, though those languages may become useless, though those sciences may be exploded, seems to me quite unmeaning. There is not a single word in any public instrument from which it can be inferred that the Indian Government ever intended to give any pledge on this subject, or ever considered the destination of these funds as unalterably fixed. But, had it been otherwise, I should have denied the competence of our predecessors to bind us by any pledge on such a subject. Suppose that a Government had in the last century enacted in the most solemn manner that all its subjects should, to the end of time, be inoculated for the small-pox, would that Government be bound to persist in the practice after Jenner's discovery? These promises of which nobody claims the performance, and from which nobody can grant a release, these vested rights which vest in nobody, this property without proprietors, this robbery which makes nobody poorer, may be comprehended by persons of higher faculties than mine. I consider this plea merely as a set form of words, regularly used both in England and in India, in defence of every abuse for which no other plea can be set up.

[6] I hold this lakh of rupees to be quite at the disposal of the Governor-General in Council for the purpose of promoting learning in India in any way which may be thought most advisable. I hold His Lordship to be quite as free to direct that it shall no longer be employed in encouraging Arabic and Sanscrit, as he is to direct that the

reward for killing tigers in Mysore shall be diminished, or that no more public money shall be expended on the chanting at the cathedral.

[7] We now come to the gist of the matter. We have a fund to be employed as Government shall direct for the intellectual improvement of the people of this country. The simple question is, what is the most useful way of employing it?

[8] All parties seem to be agreed on one point, that the dialects commonly spoken among the natives of this part of India contain neither literary nor scientific information, and are moreover so poor and rude that, until they are enriched from some other quarter, it will not be easy to translate any valuable work into them. It seems to be admitted on all sides, that the intellectual improvement of those classes of the people who have the means of pursuing higher studies can at present be affected only by means of some language not vernacular amongst them

[9] What then shall that language be? One-half of the committee maintain that it should be the English. The other half strongly recommend the Arabic and Sanscrit. The whole question seems to me to be – which language is the best worth knowing?

[10] I have no knowledge of either Sanscrit or Arabic. But I have done what I could to form a correct estimate of their value. I have read translations of the most celebrated Arabic and Sanscrit works. I have conversed, both here and at home, with men distinguished by their proficiency in the Eastern tongues. I am quite ready to take the oriental learning at the valuation of the orientalists themselves. I have never found one among them who could deny that a single shelf of a good European library was worth the

whole native literature of India and Arabia. The intrinsic superiority of the Western literature is indeed fully admitted by those members of the committee who support the oriental plan of education.

[11] It will hardly be disputed, I suppose, that the department of literature in which the Eastern writers stand highest is poetry. And I certainly never met with any orientalist who ventured to maintain that the Arabic and Sanscrit poetry could be compared to that of the great European nations. But when we pass from works of imagination to works in which facts are recorded and general principles investigated, the superiority of the Europeans becomes absolutely immeasurable. It is, I believe, no exaggeration to say that all the historical information which has been collected from all the books written in the Sanscrit language is less valuable than what may be found in the most paltry abridgments used at preparatory schools in England. In every branch of physical or moral philosophy, the relative position of the two nations is nearly the same.

[12] How then stands the case? We have to educate a people who cannot at present be educated by means of their mother-tongue. We must teach them some foreign language. The claims of our own language, it is hardly necessary to recapitulate. It stands pre-eminent even among the languages of the West. It abounds with works of imagination not inferior to the noblest which Greece has bequeathed to us, – with models of every species of eloquence, – with historical composition, which, considered merely as narratives, have seldom been surpassed, and which, considered as vehicles of ethical and political instruction, have never been equaled – with just and lively

representations of human life and human nature, – with the most profound speculations on metaphysics, morals, government, jurisprudence, trade, – with full and correct information respecting every experimental science which tends to preserve the health, to increase the comfort, or to expand the intellect of man. Whoever knows that language has ready access to all the vast intellectual wealth which all the wisest nations of the earth have created and hoarded in the course of ninety generations. It may safely be said that the literature now extant in that language is of greater value than all the literature which three hundred years ago was extant in all the languages of the world together. Nor is this all. In India, English is the language spoken by the ruling class. It is spoken by the higher class of natives at the seats of Government. It is likely to become the language of commerce throughout the seas of the East. It is the language of two great European communities which are rising, the one in the south of Africa, the other in Australia, – communities which are every year becoming more important and more closely connected with our Indian empire. Whether we look at the intrinsic value of our literature, or at the particular situation of this country, we shall see the strongest reason to think that, of all foreign tongues, the English tongue is that which would be the most useful to our native subjects.

[13] The question now before us is simply whether, when it is in our power to teach this language, we shall teach languages in which, by universal confession, there are no books on any subject which deserve to be compared to our own, whether, when we can teach European science, we shall teach systems which, by universal confession, wherever they differ from those of Europe differ for

the worse, and whether, when we can patronise sound philosophy and true history, we shall countenance, at the public expense, medical doctrines which would disgrace an English farrier, astronomy which would move laughter in girls at an English boarding school, history abounding with kings thirty feet high and reigns thirty thousand years long, and geography made of seas of treacle and seas of butter.

[14] We are not without experience to guide us. History furnishes several analogous cases, and they all teach the same lesson. There are, in modern times, to go no further, two memorable instances of a great impulse given to the mind of a whole society, of prejudices overthrown, of knowledge diffused, of taste purified, of arts and sciences planted in countries which had recently been ignorant and barbarous.

[15] The first instance to which I refer is the great revival of letters among the Western nations at the close of the fifteenth and the beginning of the sixteenth century. At that time almost everything that was worth reading was contained in the writings of the ancient Greeks and Romans. Had our ancestors acted as the Committee of Public Instruction has hitherto noted, had they neglected the language of Thucydides and Plato, and the language of Cicero and Tacitus, had they confined their attention to the old dialects of our own island, had they printed nothing and taught nothing at the universities but chronicles in Anglo-Saxon and romances in Norman French, – would England ever have been what she now is? What the Greek and Latin were to the contemporaries of More and Ascham, our tongue is to the people of India. The literature of England is now more valuable than that of classical antiquity. I doubt

whether the Sanscrit literature is as valuable as that of our Saxon and Norman progenitors. In some departments – in history, for example – I am certain that it is much less so.

[16] Another instance may be said to be still before our eyes. Within the last hundred and twenty years, a nation which had previously been in a state as barbarous as that in which our ancestors were before the Crusades has gradually emerged from the ignorance in which it was sunk, and has taken its place among civilised communities. I speak of Russia. There is now in that country a large educated class abounding with persons fit to serve the State in the highest functions, and in no ways inferior to the most accomplished men who adorn the best circles of Paris and London. There is reason to hope that this vast empire which, in the time of our grandfathers, was probably behind the Punjab, may in the time of our grandchildren, be pressing close on France and Britain in the career of improvement. And how was this change effected? Not by flattering national prejudices; not by feeding the mind of the young Muscovite with the old women's stories which his rude fathers had believed; not by filling his head with lying legends about St. Nicholas; not by encouraging him to study the great question, whether the world was or not created on the 13th of September; not by calling him 'a learned native' when he had mastered all these points of knowledge; but by teaching him those foreign languages in which the greatest mass of information had been laid up, and thus putting all that information within his reach. The languages of Western Europe civilised Russia. I cannot doubt that they will do for the Hindoo what they have done for the Tartar.

[17] And what are the arguments against that course

which seems to be alike, recommended by theory and by experience? It is said that we ought to secure the co-operation of the native public, and that we can do this only by teaching Sanscrit and Arabic.

[18] I can by no means admit that, when a nation of high intellectual attainments undertakes to superintend the education of a nation comparatively ignorant, the learners are absolutely to be prescribed the course which is to be taken by the teachers. It is not necessary however, to say anything on this subject. For it is proved by unanswerable evidence, that we are not at present securing the co-operation of the natives. It would be bad enough to consult their intellectual taste at the expense of their intellectual health. But we are consulting neither. We are withholding from them the learning which is palatable to them. We are forcing on them the mock learning which they nauseate.

[19] This is proved by the fact that we are forced to pay our Arabic and Sanscrit students while those who learn English are willing to pay us. All the declamations in the world about the love and reverence of the natives for their sacred dialects will never, in the mind of any impartial person, outweigh this undisputed fact, that we cannot find in all our vast empire a single student who will let us teach him those dialects, unless we will pay him.

[20] I have now before me the accounts of the Mudrassa for one month, the month of December, 1833. The Arabic students appear to have been seventy-seven in number. All receive stipends from the public. The whole amount paid to them is above 500 rupees a month. On the other side of the account stands the following item: Deduct amount realised from the out-students of English for the

months of May, June, and July last – 103 rupees.

[21] I have been told that it is merely from want of local experience that I am surprised at these phenomena, and that it is not the fashion for students in India to study at their own charges. This only confirms me in my opinions. Nothing is more certain than that it never can in any part of the world be necessary to pay men for doing what they think pleasant or profitable. India is no exception to this rule. The people of India do not require to be paid for eating rice when they are hungry, or for wearing woollen cloth in the cold season. To come nearer to the case before us: – The children who learn their letters and a little elementary arithmetic from the village schoolmaster are not paid by him. He is paid for teaching them. Why then is it necessary to pay people to learn Sanscrit and Arabic? Evidently because it is universally felt that the Sanscrit and Arabic are languages the knowledge of which does not compensate for the trouble of acquiring them. On all such subjects the state of the market is the detective test.

[22] Other evidence is not wanting, if other evidence were required. A petition was presented last year to the committee by several ex-students of the Sanscrit College. The petitioners stated that they had studied in the college ten or twelve years, that they had made themselves acquainted with Hindoo literature and science, that they had received certificates of proficiency. And what is the fruit of all this? "Notwithstanding such testimonials," they say, "we have but little prospect of bettering our condition without the kind assistance of your honourable committee, the indifference with which we are generally looked upon by our countrymen leaving no hope of encouragement and assistance from them." They therefore beg that they

may be recommended to the Governor-General for places under the Government – not places of high dignity or emolument, but such as may just enable them to exist. "We want means," they say, "for a decent living, and for our progressive improvement, which, however, we cannot obtain without the assistance of Government, by whom we have been educated and maintained from childhood." They conclude by representing very pathetically that they are sure that it was never the intention of Government, after behaving so liberally to them during their education, to abandon them to destitution and neglect.

[23] I have been used to seeing petitions to Government for compensation. All those petitions, even the most unreasonable of them, proceeded on the supposition that some loss had been sustained, that some wrong had been inflicted. These are surely the first petitioners who ever demanded compensation for having been educated gratis, for having been supported by the public during twelve years, and then sent forth into the world well furnished with literature and science. They represent their education as an injury which gives them a claim on the Government for redress, as an injury for which the stipends paid to them during the infliction were a very inadequate compensation. And I doubt not that they are in the right. They have wasted the best years of life in learning what procures for them neither bread nor respect. Surely we might with advantage have saved the cost of making these persons useless and miserable. Surely, men may be brought up to be burdens to the public and objects of contempt to their neighbours at a somewhat smaller charge to the State. But such is our policy. We do not even stand neuter in the contest between truth and falsehood. We are not content to leave the natives

to the influence of their own hereditary prejudices. To the natural difficulties which obstruct the progress of sound science in the East, we add great difficulties of our own making. Bounties and premiums, such as ought not to be given even for the propagation of truth, we lavish on false texts and false philosophy.

[24] By acting thus we create the very evil which we fear. We are making that opposition which we do not find. What we spend on the Arabic and Sanscrit Colleges is not merely a dead loss to the cause of truth. It is bounty-money paid to raise up champions of error. It goes to form a nest not merely of helpless place-hunters but of bigots prompted alike by passion and by interest to raise a cry against every useful scheme of education. If there should be any opposition among the natives to the change which I recommend, that opposition will be the effect of our own system. It will be headed by persons supported by our stipends and trained in our colleges. The longer we persevere in our present course, the more formidable will that opposition be. It will be every year reinforced by recruits whom we are paying. From the native society, left to itself, we have no difficulties to apprehend. All the murmuring will come from that oriental interest which we have, by artificial means, called into being and nursed into strength.

[25] There is yet another fact which is alone sufficient to prove that the feeling of the native public, when left to itself, is not such as the supporters of the old system represent it to be. The committee have thought fit to lay out above a lakh of rupees in printing Arabic and Sanscrit books. Those books find no purchasers. It is very rarely that a single copy is disposed of. Twenty-three thousand

volumes, most of them folios and quartos, fill the libraries or rather the lumber-rooms of this body. The committee contrive to get rid of some portion of their vast stock of oriental literature by giving books away. But they cannot give so fast as they print. About twenty thousand rupees a year are spent in adding fresh masses of waste paper to a hoard which, one should think, is already sufficiently ample. During the last three years, about sixty thousand rupees have been expended in this manner. The sale of Arabic and Sanscrit books during those three years has not yielded quite one thousand rupees. In the meantime, the School Book Society is selling seven or eight thousand English volumes every year, and not only pays the expenses of printing but realises a profit of twenty per cent on its outlay.

[30] The fact that the Hindoo law is to be learned chiefly from Sanscrit books, and the Mahometan law from Arabic books, has been much insisted on, but seems not to bear at all on the question. We are commanded by Parliament to ascertain and digest the laws of India. The assistance of a Law Commission has been given to us for that purpose. As soon as the Code is promulgated, the Shasters and the Hedaya will be useless to a moonsiff or a Sudder Ameen. I hope and trust that, before the boys who are now entering at the Mudrassa and the Sanscrit College have completed their studies, this great work will be finished. It would be manifestly absurd to educate the rising generation with a view to a state of things which we mean to alter before they reach manhood.

[31] But there is yet another argument which seems even more untenable. It is said that the Sanscrit and Arabic are the languages in which the sacred books of a hundred

millions of people are written, and that they are on that account entitled to peculiar encouragement. Assuredly it is the duty of the British Government in India to be not only tolerant but neutral on all religious questions. But to encourage the study of a literature, admitted to be of small intrinsic value, only because that literature inculcated the most serious errors on the most important subjects, is a course hardly reconcilable with reason, with morality, or even with that very neutrality which ought, as we all agree, to be sacredly preserved. It is confirmed that a language is barren of useful knowledge. We are to teach it because it is fruitful of monstrous superstitions. We are to teach false history, false astronomy, false medicine, because we find them in company with a false religion. We abstain, and I trust shall always abstain, from giving any public encouragement to those who are engaged in the work of converting the natives to Christianity. And while we act thus, can we reasonably or decently bribe men, out of the revenues of the State, to waste their youth in learning how they are to purify themselves after touching an ass or what texts of the Vedas they are to repeat to expiate the crime of killing a goat?

[32] It is taken for granted by the advocates of oriental learning that no native of this country can possibly attain more than a mere smattering of English. They do not attempt to prove this. But they perpetually insinuate it. They designate the education which their opponents recommend as a mere spelling-book education. They assume it as undeniable that the question is between a profound knowledge of Hindoo and Arabian literature and science on the one side, and superficial knowledge of the rudiments of English on the other. This is not merely

an assumption, but an assumption contrary to all reason and experience. We know that foreigners of all nations do learn our language sufficiently to have access to all the most abstruse knowledge which it contains sufficiently to relish even the more delicate graces of our most idiomatic writers. There are in this very town natives, who are quite competent to discuss political or scientific questions with fluency and precision in the English language. I have heard the very question on which I am now writing discussed by native gentlemen with a liberality and an intelligence which would do credit to any member of the Committee of Public Instruction. Indeed it is unusual to find, even in the literary circles of the continent, any foreigner who can express himself in English with so much facility and correctness as we find in many Hindoos. Nobody, I suppose, will contend that English is so difficult to a Hindoo as Greek to an Englishman. Yet an intelligent English youth, in a much smaller number of years than our unfortunate pupils pass at the Sanscrit College, becomes able to read, to enjoy, and even to imitate not unhappily the compositions of the best Greek authors. Less than half the time which enables an English youth to read Herodotus and Sophocles ought to enable a Hindoo to read Hume and Milton.

[33] To sum up what I have said, I think it is clear that we are not fettered by the Act of Parliament of 1813, that we are not fettered by any pledge expressed or implied, that we are free to employ our funds as we choose, that we ought to employ them in teaching what is best worth knowing, that English is better worth knowing than Sanscrit or Arabic, that the natives are desirous to be taught English, and are not desirous to be taught Sanscrit or Arabic, that neither as the languages of law nor as the

languages of religion have the Sanscrit and Arabic any peculiar claim to our encouragement, that it is possible to make natives of this country thoroughly good English scholars, and that to this end, our efforts ought to be directed.

[34] In one point I fully agree with the gentlemen to whose general views I am opposed. I feel with them that it is impossible for us, with our limited means, to attempt to educate the body of the people. We must at present do our best to form a class, who may be interpreters between us and the millions whom we govern, – a class of persons Indian in blood and colour, but English in tastes, in opinions, in morals and in intellect. To that class we may leave it to refine the vernacular dialects of the country, to enrich those dialects with terms of science borrowed from the Western nomenclature, and to render them by degrees fit vehicles for conveying knowledge to the great mass of the population.

[35] I would strictly respect all existing interests. I would deal even generously with all individuals who have had fair reason to expect a pecuniary provision. But I would strike at the root of the bad system which has hitherto been fostered by us. I would at once stop the printing of Arabic and Sanscrit books. I would abolish the Mudrassa and the Sanscrit College at Calcutta. Benares is the great seat of Brahminical learning; Delhi of Arabic learning. If we retain the Sanscrit College at Benares and the Mahomedan College at Delhi, we do enough and much more than enough in my opinion, for the Eastern languages. If the Benares and Delhi Colleges should be retained, I would at least recommend that no stipends shall be given to any students who may hereafter repair thither, but that

the people shall be left to make their own choice between the rival systems of education without being bribed by us to learn what they have no desire to know. The funds which would thus be placed at our disposal would enable us to give larger encouragement to the Hindoo College at Calcutta, and establish in the principal cities throughout the Presidencies of Fort William and Agra schools in which the English language might be well and thoroughly taught.

[36] If the decision of His Lordship in Council should be such as I anticipate, I shall enter on the performance of my duties with the greatest zeal and alacrity. If, on the other hand, it be the opinion of the Government that the present system ought to remain unchanged, I beg that I may be permitted to retire from the chair of the Committee. I feel that I could not be of the smallest use there. I feel also that I should be lending my countenance to what I firmly believe to be a mere delusion. I believe that the present system tends not to accelerate the progress of truth but to delay the natural death of expiring errors. I conceive that we have at present no right to the respectable name of a Board of Public Instruction. We are a Board for wasting the public money, for printing books which are of less value than the paper on which they are printed was while it was blank – for giving artificial encouragement to absurd history, absurd metaphysics, absurd physics, absurd theology – for raising up a breed of scholars who find their scholarship an encumbrance and blemish, who live on the public money while they are receiving their education, and whose education is so utterly useless to them that, when they have received it, they must either starve or live on the public funds all the rest of their lives. Entertaining these opinions, I am naturally desirous to decline all share

in the responsibility of a body which, unless it alters its whole mode of proceedings, I must consider, not merely as useless, but as positively noxious.

T[homas] B[abington] MACAULAY

2 February, 1835

I give my entire concurrence to the sentiments expressed in this Minute.

W[illiam] C[avendish] BENTINCK

मैकाले का विवरण-पत्र एवं भारतीय शिक्षण पद्धति पर उसका प्रभाव

10 जून, 1835 को लॉर्ड मैकाले का गवर्नर-जनरल की कौंसिल के कानूनी सदस्य के रूप में भारत में आगमन हुआ। उस समय तक 'प्राच्य-पाश्चात्य-विवाद' उग्रतम रूप धारण कर चुका था। बैंटिक का विश्वास था कि मैकाले जैसा व्यक्ति ही इस विवाद को समाप्त कर सकता था। इस विचार से उसने मैकाले को बंगाल की 'लोक-शिक्षा-समिति' का सभापति नियुक्त किया, फिर उसने मैकाले से 1813 के 'आज्ञा-पत्र' (चार्टर) की 43वीं धारा में अंकित एक लाख रुपए की धनराशि को व्यय करने की विधि व अन्य विवादग्रस्त विषयों के संबंध में कानूनी सलाह देने का अनुरोध किया। साथ ही उसने 'समिति' के सचिव को प्राच्यवादी व पाश्चात्यवादी दलों के वक्तव्यों को मैकाले के पास पेश करने का आदेश दिया।

मैकाले के विवरण-पत्र की मुख्य बातें निम्न प्रकार हैं—

1. **साहित्य शब्द की व्याख्या :** मैकाले ने 'साहित्य' शब्द की व्याख्या करते हुए लिखा है कि 1813 के चार्टर में उल्लिखित 'साहित्य' शब्द का अर्थ अंग्रेजी साहित्य में है न कि संस्कृत, अरबी और फारसी के साहित्य से। उसने अंग्रेजी साहित्य की प्रशंसा करते हुए लिखा है—"एक अच्छे यूरोपीय पुस्तकालय की एक अलमारी भारत के संपूर्ण साहित्य के बराबर होगी।"

2. **भारतीय विद्वान् की व्याख्या :** 'भारतीय विद्वान्' शब्द की व्याख्या करते हुए मैकाले ने बताया कि भारतीय विद्वान् वह है, जो लॉक के दर्शन और मिल्टन की कविता से परिचित हो, अर्थात् भारतीय विद्वान् को अंग्रेजी साहित्य और दर्शन का गहन अध्ययन होना चाहिए।"

3. **शिक्षा का माध्यम :** मैकाले ने अंग्रेजी को शिक्षा का माध्यम बनाने का सुझाव दिया। उसके अनुसार देशी भाषाओं में साहित्य और वैज्ञानिक ज्ञान का अभाव है। देशी भाषाओं को बाह्य भंडार से युक्त करना चाहिए। उसके अनुसार, "भारत के निवासियों में प्रचलित देशी भाषाओं में साहित्य एवं वैज्ञानिक ज्ञान कोष का अभाव है तथा वे इतने अविकसित और गँवार हैं कि जब तक उन्हें बाह्य भंडार से संपन्न नहीं किया जाएगा, उनमें सुगमता से किसी भी महत्त्वपूर्ण ग्रंथ का अनुवाद नहीं हो सकेगा।"

4. **अंग्रेजी भाषा की प्रशंसा :** मैकाले ने अंग्रेजी भाषा की बहुत प्रशंसा की है। उसने अंग्रेजी की प्रशंसा करते हुए लिखा है—"अंग्रेजी भाषा पाश्चात्य भाषाओं में से एक है और सर्वश्रेष्ठ है। जो इस भाषा को जानता है, वह सुगमतापूर्वक उस विशाल ज्ञान-भंडार को प्राप्त कर सकता है, जिसको विश्व की सबसे बुद्धिमान जातियों ने रचा है।"

5. **अंग्रेजी भाषा और साहित्य के पक्ष में तर्क :** मैकाले ने अंग्रेजी भाषा और साहित्य की बहुत प्रशंसा की थी। उसके अनुसार अंग्रेजी के अतिरिक्त कोई अन्य भाषा शिक्षा का माध्यम बनने के उपयुक्त नहीं है। उसने अंग्रेजी के पक्ष में निम्न तर्क प्रस्तुत किए थे—

   (अ) अंग्रेजी शासन करनेवाले लोगों और उच्च वर्ग की भाषा है।

   (ब) भारत का उच्च वर्ग इसी भाषा का प्रयोग करता है।

   (स) इंग्लैंड में यूनानी, लैटिन भाषाओं का पुनरुत्थान हुआ था, किंतु भारत में अंग्रेजी के प्रयोग से ही विकास होगा।

   (द) भारतीयों में अंग्रेजी पढ़ने की लालसा अधिक है।

(य) प्राच्य शिक्षा संस्थाओं में पढ़नेवाले छात्रों को आर्थिक सहायता देनी पड़ती है, जबकि अंग्रेजी पढ़नेवाले छात्र स्वयं फीस देने को तैयार रहते हैं।

6. **अंग्रेजी संहिता बनाने का प्रयास :** मैकाले के अनुसार संस्कृत, अरबी और फारसी में लिखे हुए कानूनों की अंग्रेजी में संहिता बननी चाहिए। केवल कानून की जानकारी करने के लिए संस्कृत, अरबी और फारसी का ज्ञान प्राप्त करना उचित नहीं है। इसके लिए धन व्यय करना व्यर्थ है।

7. **निष्कर्ष :** मैकाले के विवरण-पत्र में अंग्रेजी भाषा के माध्यम से शिक्षा प्राप्त करने पर बल दिया है। वह चाहता था कि अंग्रेजी को शिक्षा का माध्यम बनाया जाए और अंग्रेजी के माध्यम से पाश्चात्य साहित्य और विज्ञान का अध्ययन कराया जाए। उसके विचार से भारत में एक ऐसा वर्ग बनाया जाना चाहिए, जो अंग्रेजी साम्राज्य का उपासक हो। उसने लिखा है—'हमें भारत में एक ऐसा वर्ग बनाना चाहिए, जो रक्त और वर्ण में भारतीय हो, परंतु पसंद, विचार, आचरण और विद्वत्ता में अंग्रेज हो।'

2 फरवरी, 1835 को गवर्नर जनरल बैंटिक को मैकाले का विवरण पत्र प्राप्त हुआ। इस पर उसने गंभीरता से विचार किया और 7 मार्च, 1835 को उसकी मुख्य सिफारिशों को स्वीकार करते हुए ब्रिटिश सरकार की नई शिक्षा नीति की घोषणा की। इस नीति की मुख्य घोषणाएँ इस प्रकार थीं—

1. शिक्षा के लिए निर्धारित धनराशि का सर्वोत्कृष्ट प्रयोग केवल अंग्रेजी शिक्षा के लिए ही किया जा सकेगा।
2. हालाँकि संस्कृत, अरबी और फारसी की शिक्षण संस्थाओं को बंद नहीं किया जाएगा। उनके शिक्षकों के वेतन और छात्रों की छात्रवृत्तियों के लिए आर्थिक अनुदान यथावत् जारी रहेगा।
3. भविष्य में प्राच्य साहित्य के मुद्रण और प्रकाशन पर कोई व्यय नहीं किया जाएगा।

4. मद 3 से बचनेवाली धनराशि को अंग्रेजी भाषा, अंग्रेजी साहित्य और पाश्चात्य ज्ञान-विज्ञान की शिक्षा पर व्यय किया जाएगा।

लॉर्ड मैकाले के विवरण पत्र और विलियम बैंटिक की शिक्षा नीति के परिणाम

लॉर्ड मैकाले के विवरण पत्र के आधार पर घोषित विलियम बैंटिक की शिक्षा नीति के परिणामों को निम्नलिखित रूप में क्रमबद्ध किया जा सकता है—

(1) भारत में अंग्रेजी माध्यम की अंग्रेजी शिक्षा प्रणाली की शुरुआत।

(2) विद्यालयों के पाठ्यक्रम में प्राच्य भाषा के साहित्य तथा ज्ञान-विज्ञान के स्थान पर पाश्चात्य भाषा अंग्रेजी और पाश्चात्य ज्ञान-विज्ञान को स्थान।

मैकाले के विवरण पत्र के भारतीय शिक्षा और भारतीयों पर पड़नेवाले प्रभाव को दो रूपों में देखें-समझें तो अधिक उपयुक्त होगा—तत्कालीन प्रभाव और दीर्घकालीन प्रभाव।

मैकाले और उसके विवरण पत्र के निम्नलिखित तत्कालीन प्रभाव हुए—

1. **शिक्षा नीति की घोषणा :** मैकाले ने बड़ी चतुरता से 1813 के घोषणा-पत्र (चार्टर) की धारा 43 की व्याख्या की और इतने तर्कपूर्ण ढंग से की कि तत्कालीन गवर्नर जनरल लार्ड विलियम बैंटिक उससे सहमत हुआ और उसने अंग्रेजी माध्यम की यूरोपीय ज्ञान-विज्ञान प्रधान शिक्षा नीति की घोषणा कर दी। इसके बाद जितनी भी शिक्षा नीतियाँ बनीं, वे सब इसी आधार पर बनीं।
2. **अंग्रेजी राजकाज की भाषा घोषित :** 1837 में तत्कालीन गवर्नर जनरल लॉर्ड ऑकलैंड ने फारसी के स्थान पर अंग्रेजी को राजकाज की भाषा घोषित की। यह मैकाले के अंग्रेजी के पक्ष में दिए गए तर्कों का ही परिणाम था।
3. **अंग्रेजी शिक्षा प्रणाली की शुरुआत :** नीति घोषित होते ही अंग्रेजी माध्यम के स्कूल तथा उच्च शिक्षा के लिए कॉलेज खोले गए और यह नींव इतनी सुदृढ़ रूप में रखी गई कि हमारे देश में

इस शिक्षा प्रणाली का विकास तेजी से हुआ। हमारी आज की शिक्षा पद्धति भी मूल रूप से उसी पर आधारित है।

4. **सरकारी नौकरियों के लिए अंग्रेजी की अनिवार्यता :** 1844 में तत्कालीन गवर्नर जनरल लॉर्ड हार्टिंग ने एक आदेश जारी कर यह निर्देश दिया कि सरकारी नौकरियों में नियुक्ति के समय अंग्रेजी जाननेवाले अभ्यर्थियों को वरीयता दी जाए। यह वरीयता व्यावहारिक रूप में अनिवार्यता बन गई।